立人天地

中高考语文
热点作家
作品精选

让自己
盛开成一朵花

侯拥华 著

黑龙江教育出版社

侯拥华以敏锐的观察和独特的视角，捕捉当下尘世生活的瞬间，宛若幻灯片，每一帧都投射出生活的智慧与光芒。读一读他的文字，必将对为追求梦想而跋涉在路上的人们有所禅悟和启迪。

——《思维与智慧》杂志副总编辑 焦文旗

一本精神成长之书，一本人生给养之书。一篇篇故事写出了繁华人生的曲曲折折，也给生活中的苦难者、失败者、彷徨者，引一条路，点一盏灯。

——《意林》杂志编辑 许之贤

唤醒心中深藏的力量，用希望去勾勒美好的未来。《让自己盛开成一朵花》，你就是最美的风景，不仅芬芳自己，更能洇染他人。

——知名美文作家 包利民

有些人的文章给人以力量，有些人的文章给人以温暖。侯拥华的文字属于后者，有时候我在想，那一掬暖一捧光，看似微弱，却抚慰着一颗颗心，向着阳光的方向努力生活，生生不息。这何尝不是一种更持久的力量呢！

——美文作家 朱成玉

侯拥华先生的美文字里行间都浸透着金属的光泽，读它们，宛如给心灵镀金，给信念补钙，给岁月抛光。你不妨把它们当成心灵导师，生活中所有幸运的“椅子”都会为你转身。

——青年作家，中国作协会员 李丹崖

在文学创作中，侯拥华观察细微、感受敏锐、开掘深入，用一个个感人至深的小故事，阐述人生哲理，传递人间情感，描绘世界万象。

——《读者》签约作家 陈志宏

序

榜样就在身边

我终于决定放弃了自己钟爱了十年的硬笔书法。因为，我没有从中看到我人生理想的曙光。搁置的钢笔和稿纸就被我放置在书桌上，我常常会走过去看它们，拿起它们，然后又放下来，鼻翼间满是墨汁淡淡的芳香，而往常笔墨飞动的模样又会忽然浮现在眼前。

其实，这样的决定，我思考了很久。十年的时光足以磨炼和检验一个人的才能，也足以磨掉一个人的锐气。换一条路走，是为了挽救自己那渐渐失魂落魄的灵魂。我不知道，这算不算是一个借口。

我还能做什么呢？就写些文字吧。我对自己说。

大约是在我开始投稿的一个月后的一天下午，放学后，我无意识地走进学校的门岗，随便浏览起放在桌面上的报纸，竟然发现一封属于自己的信。撕开看，是一张报纸，四处寻找，在报纸某个版面的一个角落里找到了我的名字。我的文章发表了，像在做梦，我无法抑制自己的激动，那双拿报纸的手都有些颤抖了。那夜，我失眠了，像是迷路的人在黑夜里发现了亮光，我清楚自己该奔向哪个方向了。

之后的日子里，我忘记一切地进行创作，没有午休，并且挑灯夜战，午夜的灯光在我的小屋里是如此的明亮。可是，一封封投出去的稿子被退了回来，还有许多石沉大海、杳无音信。几个月过去了，我一无所获。

对于我，窗外的阳光不再光彩明亮。在镜子中，我能看到自己黯然的眼神。

是放弃，还是坚持？我开始一次次质问自己，可谁又能给我一个正确的答案呢？

那些日子的天空还没有飘落雨丝，我内心已是大雨滂沱了。每次坐在电脑前发呆，久了，会到网上和别人随便地聊天——日子就这么随意地打发着。

那天的中午休息时，我又坐在学校微机室的一台电脑前发呆。我看见她来了。她推门进来，轻轻的门响声引起了我的注意。望过去，她一身简朴的穿着，手里拿着一摞白纸。她和微机老师低声交谈，我看见她微笑着递过去一个厚厚的笔记本。

我只是好奇地看了看她，又开始自己无聊地上网了。我知道那个女人是一个经常来学校联系业务的电焊铺的老板娘，说是老板娘，其实铺里只雇了一个徒弟，主要的技术活还是他们夫妻俩做。我见过她那双粗糙的小手，完全丧失了女人的娇嫩。

她一定是来学校联系业务的吧，听说，学校的微机室要做防护窗。我这样猜想。果然，几天后，我见她开始在学校的微机室外忙碌着——安装防护窗。这中间，我看见她和她丈夫一样麻利地爬上爬下，一脸辛苦。

再后来，我开始不再那么失落迷茫地写稿子了，因为我又打算放弃写作了，只是还没有完全想好，最后的希望还隐隐浮现在心头。

大约是一个月的午后，我坐在微机老师的电脑前帮助同事查询学校的资料，无意中打开了一个文件——一首排好版的精美的诗歌映入眼帘，下拉鼠标竟然有许多首。好奇心驱使我下拉鼠标，最后，我看到的页码数字是“105”。那应该是一本厚厚的诗集。

我开始偷偷地打开那个文件，细细品味那些充满伤感和美丽幻想的诗句。细腻、优美、凝练，又有神采的诗句，有着少女纯净的胸怀，让我怎么也无法把它和那双粗糙的手，那张劳累的脸联系起来。

那该是怎样的一个女人呢？一定是位喜欢文学的女人，一定有着浪漫的气质。后来，我还是知道一些关于她的故事。她是那么热爱写诗，为了写诗，她晚上偷偷地躲避在厨房里写，丈夫极力阻挠，她就极力反抗，以致她的几个日记本都被丈夫投到火炉里烧了，可她仍然执着地背着丈夫写。丈夫说，我们都是干体力的，还写什么诗？他是不会理解一个有着少女浪漫情怀的女人的心思的。那时，她已经是两个孩子的母亲了，小儿子也有十多岁了。

现实，和她的内心是那么遥远。

我还是忍不住偷偷打印了几篇诗稿，留作学习和研究。

夜晚，在床头的灯光下，读那些美丽感伤的诗句，我流泪了。泪光里，晶莹地闪烁着她忙碌辛苦的身影，闪烁着她深夜偷偷写诗的身影……虽然，那些诗句还有些稚嫩和粗糙，可那是一个女人不屈服的心，不曾磨灭的梦想。

我震撼了，无地自容。我开始为自己心中的那个“小”而羞愧不已，为自己的懦弱而汗颜。我知道，我还会在某个地方看见她，在某个时刻看见她那双粗糙的手还在做那些男人们做的活；可我不会轻视她，我会把她看作我心中的榜样——一个写作的榜样，一个在困难中没有屈服的精神的榜样。

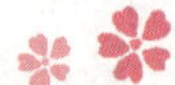

目录 CONTENTS

第一辑　唤醒心中的巨人

第二辑　把信寄给未来

第三辑　大师的拒绝

第四辑　人性的柔光

第五辑　为人生画圆

第六辑　永世的赞美

第一辑　唤醒心中的巨人

他和别人谈及自己的成功，总是用自己的人生经历来教育别人：别人拥有的，你都可以暂时没有，但有一点你一定要有——那就是一颗永远追求成功的、快乐的、熊熊燃烧的强烈的企图心——因为只有它，才能唤醒你心中的巨人。

原来，每个人心中都有一个巨人需要我们唤醒。而唤醒心中的巨人最好的办法，就是持久地保持一颗强烈的成功的企图心。

向一把椅子致敬

作家心语：若想成就一番大业，历经千锤百炼的考验是必不可少的。只有经过地狱般的历练，才能拥有创造天堂的力量。

我上大二那年，家里陷入了前所未有的困顿境地。先是母亲重病住进了医院，后是父亲的生意在一笔买卖中赔得精光。我之前的公子哥生活，至此，面临着结束的窘地。父亲打电话来，问我，说家里仅有的一笔为数不多的钱，为母亲治病用完了，生活费能不能自己想办法解决？电话那端的我，一下子就陷入失落与恐慌之中。

果然，一个月后，父亲终止了每月固定给我邮寄生活费，我无奈地开始了经济自立的生活。很快，我在校外找到了两份兼职，每天大约4小时的短工，还利用周末的时间去做家教，但生活仍然捉襟见肘，入不敷出。后来，我开始向同学借钱做生意，可几桩生意都赔得血本无归。

当我对自立生活完全丧失信心的时候，我打电话向父亲求助，希望继续得到父亲经济上的资助，可父亲果断地拒绝了我，他说，家里早已欠债累累，家里还曾想让你为家里想些办法呢。这样的结果令我极为沮丧，在结束通话前，我向父亲提起了那把放在书房当摆设的“老古董”——一把做工精致的古代雕花太师椅。

那是个岁月久远的老古董。什么年代的东西，我不清楚，只知道，至今，它仍然摆放在父亲的书房里，几次搬家，都没有被扔掉。朱红色的油漆，已经黯然、斑驳，椅子的两个扶手也早已被打磨得锃亮，然而，从脱落油漆的地方，还是可以看到木料原本坚韧的质地。

据说，那不是一把真正用檀香木制作的古代家具，而是用极普通的桃木制作而成的，只因是先辈传下来的物件儿，所以一直被父亲视为珍宝而珍藏着。然而，它和那些现代家具摆放在一起，实在是显得有些扎眼，曾经一度是我和母亲提议处理掉的对象。母亲说，一把旧椅子，和这些现代家具放在一起，显得不伦不类，又没多大用途，就卖了它吧。我也随声附和，说如果有古董商给了好的价钱，卖了，也好让它在别处有个属于自己的居所，真正实现它自身的价值。如果就这样放在我们家，早晚是要被用坏的。而父亲，从不理会我和母亲的话。

我在电话里再次给父亲提议，把它卖了，以解燃眉之急。因为之前，我听母亲说，曾有个收购旧家具的古董商跑上门来，在父亲面前伸开两个巴掌，十个手指，问父亲卖不卖。

我的话，引起了父亲的不安。先是一阵子沉默，之后，我听到父亲淡淡地说，你别怕，我来看你，然后就挂了电话。

两天后，父亲风尘仆仆地出现在我面前。看着一脸憔悴的父亲，我泣不成声。

那天，我向父亲倾诉了我的种种不如意，希望父亲能接受我的提议。父亲听了，没有拒绝我，而是给我讲起了古代家具制作流程的知识来。他说，你知道，为什么古代的家具会比现代的家具坚固耐用吗？那是因为它有自己独特的制作流程。

父亲告诉我，制作一件上好的家具，首先要选好料，那些上等的檀香木、红松木自然在首选之列，如果没有这些木料，寻常百姓常会选用红心的桃木。但更为重要的不是这些，而是在第二阶段，经过第二阶段的处理，即便是那些房前屋后的寻常木头，也能做出一件坚固耐用的家具来。

那第二阶段，全部的奥秘全在于如何焙木：先是水焙，就是把木料捆绑牢固，抛在水井里浸泡，浸透后捞出来再晾干；后是火焙，就是把木料捆绑好放在泥炕上用暗火烘熏，直至里外熏干熏透。经过这样一月左右的处理，做家具用的木料，虽外表陈旧，可内在的性情早已大变。用这样的木料制作出来的家具，就会非同寻常。

父亲的话让我大惑不解——这样做，究竟有什么特别用处呢？

父亲笑了笑，向我解释说，经过了水火洗礼的木料，“内劲”已经在浸泡和熏烘中用完，所以做成的家具就不会因为潮湿而膨胀或环境干燥而干裂，再经过层层刷漆，自然就坚固耐用了。

父亲的话语让我极为震惊和羞愧。我低下头，向父亲认错，也为那把太师椅深深致敬。原来，那把椅子，是先辈传给父亲的“精神宝贝”。

父亲走后，我又开始了自己的打拼生活，虽然仍旧波折不断，但我明白，只有经历了这样的生活，我才可以把自己制作成一件真正出色的“家具”。

给自己留一把匕首

作家心语：人生有两种力量可以获取，一种是向外的力量，一种是向内的力量。关照自己的内心，寻求自己精神的力量属于后者。这种力量一旦具有，会不因外因改变而改变，会更加的持久和巨大。

我曾亲眼目睹一位朋友怎样“由蛹化蝶”。

起初，他还只是个下岗工人，借钱开了家杂货店。杂货店经营得并不顺利，在激烈的竞争中最后还是倒闭了。再后来，我就听说他又经营起一家超市，规模逐渐扩大，从一家到几家连锁。现在，他银行的存款，听说已有几百万了。

他的发迹，后来，一直是我心中待解的一个谜。只是各自忙碌，很少再聚，所以一直没有机会向他请教。

近来，一次偶然机会，我们在一家咖啡厅里难得地坐在一起。我问起了那个盘桓在我心中很久的问题：“那家杂货店倒闭之后，你从哪里来的勇气又继续开始经营起了超市？要知道，这样的经营，失败的几率会更大呀？这需要何等大的勇气呀！”

朋友听后，只是微笑。他没有即刻回答，在考虑了几分钟后，我见他伸手打开放在桌上的公文包。他很敏捷地从中取出一个精致的檀香木小盒子，打开来映入眼帘的是一把钢制匕首。仔细看来，极普通的一把匕首，没有纹理的刀身，甚至还有几分粗糙的刀把，怎么看，我都无法从中看到神奇的地方。我有些惊讶，更多的是迷惑不解。

他很敏捷地从中取出，像武术家那般要弄起来，先甩弄出几个漂亮的刀花，最后把匕首的刀尖向上直直竖起，让它静止不动。我不得不承认，那是把异常锋利的匕首，在灯光的照耀下熠熠生辉，光芒四射。

“正是这把匕首，把我从绝境中拖了出来。”他这样从容地说。

“这把匕首一定很昂贵吧？”我试探地问。

“不。只是把极普通的匕首，没有什么特别的地方。”

一把匕首，一把普通的匕首，能给他带来些什么？我决定洗耳恭听。

“这把匕首，是我在杂货店快要倒闭时，对面的那家杂货店的老板送给我的礼物。”他先说出匕首的来历。

“那简直是一种挑衅，是一种落井下石，为人不齿的行为。”我站在常人的角度为他愤慨，并试图解读他当时的心境。

“是呀！起初我也这么去想，还差点找那个小子拼命。可是，后来我发现，这把匕首还没有开刃呢！”他爽朗地笑了起来，有种自嘲的感觉。

“后来，过了好多天，等我把这把匕首磨砺得锋芒无比的时候，我发现，我已经不再失落了，创业的勇气再次涌动在我心中。那一刻，我忽然明白，成功永远是一把刺向自己的匕首。”

“刺向自己的软弱、无知，以及退缩。”他进一步解释。

“成功就是不断磨砺自己心中的那把匕首，时刻让它锃亮、锋利。”当他最后说完后，我看见他拿布轻轻擦拭那把匕首的刀刃，然后将它放归到原处。这时，我看见了他的目光，犹如一把匕首闪烁的光芒，坚定，耀眼。

他说，这把匕首，他后来一直随身携带，曾激励他度过一个又一个人生的关口。再后来，他给它配备了精致的盒子。只是，只是不敢轻易示人——怕人误解。那是把只留给自己常看的器物。

那一刻，我折服于他宽容的胸怀，更被他的睿智征服。

其实，说来也是，我们都需要一把留给自己的匕首，一把需要不断用心去磨砺的匕首，一把刺向自己“软肋”的匕首。

一个敢于剖析自己、不断激励自己的人，定然会不断超越自我，成功怎么会不属于他呢？

让自己盛开成一朵花

作家心语：你若盛开，清风自来。勤奋与机遇，是成功不可或缺的两个要素。在一个人没有具备成功的实力之前，即便拥有再多的机遇也都无济于事。这个时候，选择“沉默”，选择“积淀”，比什么都重要。那些真正具有意义的“机遇”，其实是对具备成功条件的人而言的。

2000年，在北京电影制片厂门口，一个14岁的少年怀揣着他的电影演员梦在此等待机会的垂青，在空等了两天之后的第三天，机会终于来了。有一个剧组来招群众演员，他就去了。

其实，他在剧中只是扮演一个剃光头、留一大辫子、在“清代”的大街上瞎转悠的群众演员。那天，他为能拍上电影而兴奋不已，“溜达”的比谁都专心。后来，电视剧开播了，他认认真真地把全剧看了一遍，在熙熙攘攘的人流中，竟然没有看到自己。虽然有些失望，但他并没有放弃自己的梦想，也没有为此放低要求自己的标准。

因为曾在少林寺学过武术，除了当群众演员外，他还为演员充当那种只有远景和背影的武打替身。

一次，他在戏中有一个撞墙的镜头，在头部没有任何保护措施的情况下，他就直直地撞过去，额头顿时鲜血直流。还有一次，戏里需要他一次次地攀上高高的梯子，然后一次次地摔下来。他不做任何安全措施，真的就一次次硬挺挺地从空中摔在水泥地上。直到几年后，他成名了，那摔在水泥地上的感觉还记忆犹新。后来，有人问他，像这样的戏，你为什么不假撞、假摔呢？他说，只有真实地做出来，才能给人以真实的震撼人心的感觉，这样的戏是不能掺假的。在他看来，真演和假演肯定不一样，所以他的演出都是来真的。为此，他受伤无数。

2002年，在专心跑龙套的时候，他等到了他人生第一个重要机会，有幸成为电影《盲井》中的男主角。因为剧情需要，剧组经常要到几百米深、黑暗潮湿的矿井里进行拍摄，条件实在太过艰苦，有不少演员为此中途退出了，而年仅16岁的他却一直坚持到最后。

后来，他参加了冯小刚导演的电影《天下无贼》的拍摄，其中他有一场义务献血的戏，拍摄时他撸起袖管真抽。

后来，他又成为电视剧《士兵突击》中的男主角。在《士兵突击》中，有一场重头戏：他扮演的角色人物为了不给大伙拖后腿，苦练“腹部绕杠”，最后创下了全连330个的“腹部绕杠”纪录。为了拍好这场戏，早在一个月前他就开始下苦功，每天坚持做俯卧撑200个，仰卧起坐300个。实拍时，还是出了意外。在他一口气连着做了几十个漂亮的“腹部绕杠”，导演要喊停的时候，他从单杠上突然失手摔了下来。后来人们发现，那次，他受伤了，手磨破了，裂开了大口子血流不止，腰扭伤了，直都直不起来。休息了三天，他又不顾伤痛开始继续拍戏。

因为质朴的表演和超高的人气，著名导演冯小刚再次邀请他参加电影《集结号》的拍摄。剧中，有一段他抱着即将牺牲的战友大哭的戏。拍摄前，导演半开玩笑半认真地问他，你真哭还是假哭。他毫不含糊地说，当然是真哭了。果然，实际拍摄时，他放声大哭，泪水奔涌而出，场面极为感人。因为表演太过投入，不知不觉中鼻涕也随之流了出来。躺在他怀里的“战友”只得暗自叫苦，眼睁睁地看着他将鼻涕和着眼泪，流进了自己嘴里而不能动。而他却对此毫无察觉。

其实，许多人都不知道，为演好戏里的每个角色，表演前的那一晚上，他都是整晚在思考、琢磨，辗转反侧无法入睡。

好多人没有想到，整个中国电影界也没有想到，连他自己也没有想到，就是这样一个憨厚、老实、极为认真、没有任何背景、没有经过任何专业训练的农民，在影视界迅速走红。2002年，因在《盲井》中出色的表演，他荣获台湾电影金马奖最佳新人奖。2005年出演电影《天下无贼》，饰演的“傻根儿”，让他名扬天下。2007年，他主演的电视剧《士兵突击》在各电视台热播，受到电视观众热烈“追捧”，出演电影《集结号》，广受好评。那一年，他一跃成为人们心中最喜欢的男演员。2007年《春节晚会》，他被中央台邀请参加。他就是当红著名青年演员——王宝强。

2007年，《艺术人生》栏目邀请《士兵突击》电视剧主创人员做客《艺术人生》。主持人朱军让他谈谈自己的成功心得。他做了这样的回答：“我认真地做好每一件事，在做事的过程中，我没有关注别人，是别人注意到了我。”

正如他所言，涤去心灵浮躁的灰尘，沉寂下来，实实在在地做事情，不去刻意寻找“机会”吸引别人的关注，成功自然会光顾你。

同蜜蜂和蝴蝶生活在一起，其实不必去刻意找寻与捕捉，最好的办法是努力让自己盛开成一朵美丽的花儿。

唤醒心中的巨人

作家心语：每一个人心中都沉睡着一个巨人，即便最平庸的人，也是如此。如果你认识到了这一点，就应该明白：走向成功归根结底还是要靠自己，自己内心的力量。从另一个角度说，每个成功，都是一个不断认识自我、唤醒自我的过程。

他是个极其不幸的人，出身贫寒，经历波折，整个童年和青少年时期，一直都过着颠沛流离的生活。

母亲和父亲在他很幼小的时候就离婚了，之后母亲带着他先后改嫁了三次，辗转多个地方，过着漂泊不定的生活。母亲的每次离婚和再婚，都会迫使他从一个地方流落到另一个很远的地方生活。这样的经历，后来，让他极不情愿又无可奈何地拥有了四个爸爸。家庭的生活，从来都没有让他感到过安全、温暖与甜美。

少年时候的他，曾因为长得过快而苦恼。因为，许多时候刚刚合身的新衣服，转眼几个月就变小了（到了成年的时候，他拥有了1.98米的身高）。因为家里拮据，母亲总不能满足他成长的需求，穿不了合体的新衣服，他就只好将就着穿着他的“七分裤”上学和同伴玩耍了。

他贫寒的家境，拥有四个爸爸的独特经历，以及奇特的穿着，后来，常常成了他在校读书期间，同学们用来嘲笑的佐料。而这一切，是他无法躲避与忍耐的。

终于有一天，在学校遭到戏弄与嘲笑后的他，带着满腹愤怒与不解，回家质问母亲："为什么我要穿'七分裤'？为什么我要有四个爸爸？为什么我的生活不能像其他孩子一样？！"母亲被他的话一下子问住了，之后，用同样愤怒的语气回应他："如果你不满意这个家的话，那么，你就从这个家滚出去吧！"

本来，母亲只是一句气话，说说而已，而他却当真了——他赌气离家出走，之后就再也没有回来。他决定用自己的双手来养活自己，靠自己的努力闯荡出一片属于自己的天地。那一年他17岁，高中还没有毕业。

最初，他开始在街头摆地摊，出售一些廉价的日常用品勉强糊口。之后，他到一家餐厅里当服务员，后来又跑去跑推销……直到最后，他来到一家银行，做了名清洁工——负责清洗厕所，才拥有了一份较为稳定的工作，暂时安定下来。

在银行工作的时候，他穷困潦倒，所有的家当也只有一辆价值900美元的二手"金龟车"。就是这样一份令人鄙视的工作，他却格外珍惜。每天，他开着那辆破旧的二手车去上班，还要时时提心吊胆，总害怕半路抛锚砸了饭碗。他租不起房子，每天只能缩在车里过夜。而且，睡觉的时候，他还必须开着那辆破车停靠在一家连锁店门口，才可以安然入睡。因为，这家商店门口是24小时免费停车——当时他连"昂贵"的停车费都支付不起。直到后来，他才勉强住在一个仅有10平方米的单身公寓里，但每天只能在浴缸里洗碗盆。

那段时间，是他人生最不堪回首的日子，失意，沮丧，内心痛苦不堪，整天浑浑噩噩度日。离开了亲人后，他没有什么朋友，人际关系恶劣，穷困潦倒，生活一团糟。他整日在为工作和生存担忧，意志消沉，身材臃肿，前途暗淡，对未来不抱任何幻想。

这样的日子简直是一种地狱般的煎熬，他一直期盼着有一天能够有所改观，他强烈改变自己人生的欲望愈加强烈……

这一天终于让他等到了，26岁那一年的一天，他的一个朋友跑来告诉他一个好消息——潜能激励大师吉米·罗恩要来讲学，有一个课程培训正在招收学员，问他有没有兴趣参加。他一下子就兴奋起来，因为他实在太想改变现状了。但朋友的消息，后来还是让他惊喜之余，被深深吓住了——那个课程的培训费用竟然需要1200美元。这对于一个当时全部资产只有900美元的穷人来说，简直太贵了！

经过一番内心痛苦的挣扎后，强烈改变自己的愿望最终战胜了失望与胆怯。巨大的决心促使他决定举债完成这项看似不可能完成的学习。

此后，他开始一家一家拜访亲戚和朋友，想通过他们，借够自己的学费，可所有的亲戚朋友都拒绝了他，后来他又一家银行一家银行找——跑贷款，可跑了44家银行，竟然没有一家愿意借钱给他——谁愿意冒这么大风险，把钱借给一个过了今天不知道明天怎么过活的穷光蛋呢？正在他一筹莫展、穷途末路的时候，他所工作的那家银行经理，听说了他的事情，被他的执着感动，自掏腰包，借给了他1200美元，他才得以顺利完成那次难得的学习。

那次培训，他从没想到会是他人生的一个转折点。那次培训彻底改变了他之前的那些观念，让他惊奇地发现：每个人内心，都蕴藏着无限的潜能，都会成为一名充满自信的成功者。

从此，他开始踏上了自我成长的道路。

最初，他不断学习，曾追随理查德·班德勒研读NLP（研究我们的大脑如何工作的学问），学习成功学理论和演讲艺术，很快成长为大师手下一名杰出的潜能训练师。

后来，他很快从中开发出一套独具个人魅力的课程，开始另立门户，独立帮助别人实现心灵的成长与人生的梦想。因为他卓有成效的培训效果，让他的事业获得了空前的发展。他开始出版个人专著，四处演讲，迅速在美国各州与世界各国建立自己的分支训练机构。每年，有数百万人通过他和他的机构，获得有效的帮助。他还曾协助职业球队、企业总裁、名人富豪、国家元首激发潜能，帮助他们度过各种困境与低潮。他深刻改变和影响了许多人的人生。

谁都不曾想过，当初那个穷困潦倒、一无是处的他，后来竟会获得如此巨大的成功。短短的几年后，他的生活大为改观，结束了穷困潦倒的单身生活，建立了幸福的家庭，成为一名幸福的丈夫和父亲。他彻底告别了破旧的“金龟车”和10平方米大的单身公寓，买下了临太平洋的海边一个城堡，还拥有了私人直升机……他白手起家，建立了自己的庞大公司，后来积累下亿万个人财富。

他，就是当今世界最成功的潜能开发专家，曾被评为“美国十大杰出青年”、“全球五大演说家”之一而享誉世界的成功学大师——安东尼·罗宾。

后来，他和别人谈及自己的成功，总是用自己的人生经历来教育别人：别人拥有的，你都可以暂时没有，但有一点你一定要有——那就是一颗永远追求成功的、快乐的、熊熊燃烧的强烈的企图心——因为只有它，才能唤醒你心中的巨人。

原来，每个人心中都有一个巨人需要我们唤醒。而唤醒心中的巨人最好的办法，就是持久地保持一颗强烈的成功的企图心。

不是天才就做地才

作家心语：虽然你没有选择天赋的权利，但你拥有选择是否努力的权利。季羡林说过："成功=天资+机遇+勤奋。"客观地讲，"天资"和"机遇"全是天给的，只有勤奋是靠我们自己。正如一句名言所说："勤奋，是步入成功之门的通行证。"没有勤奋，即便拥有天赋和机遇，一切都是空谈。脚踏实地勤奋努力，永不言弃勇往直前的人，总会受到上帝的垂青。

2008年春，蔡依林在北京举行"唯舞独尊"个人演唱会，之后不久，她便推出了一张名为《蔡依林——地才唯舞独尊演唱会纪实》的专辑。该专辑收录了演唱会中的9首经典歌曲，以及一些台前幕后不为人知的花絮。正是这张专辑，让众多歌迷看到了蔡依林荣耀与光鲜背后鲜为人知的艰辛与努力，也让歌迷了解到她独特的"地才"人生观。

后来，在北京接受新浪专访的时候，主持人问她，专辑的名字前为什么要冠以"地才"，是不是说和天才相反，"地才"要经过许多艰辛与努力才能成功呢？坐在旁边的她，不语，只是微笑着点点头。

蔡依林的努力在歌坛是众所周知的，圈里就有人称她是“拼命三郎”“歌坛劳模”，连身边的工作人员也说她有时候简直就是个疯子，无论公司提出什么样的要求她都能做到。其实，在进歌坛之前，她的舞蹈跳得并不好，手脚极不协调，韵律感也不是很强，一支舞跳下来总是洋相百出。可就是这样一只“丑小鸭”，靠个人的不懈努力长成了今天美丽的“白天鹅”。

每次出新专辑，她都要主动学习新的东西。为配合音乐的形式，除了练习常规的舞蹈外，她还学会了瑜伽、艺术体操、鞍马、钢管舞。在新专辑《爱情任务》中，她再次挑战极限，学跳“无重力彩带舞”。这种舞蹈，对表演者的要求是很高的，许多人都是从小开始练习的，而她仅仅用了3天，就学得有模有样。为了让MV效果更加绚丽多彩，回到家的她并没有休息，而是天天练习倒立，让双手支撑起自己的全身，直到筋疲力尽方才罢休。练习这种舞蹈，需要表演者在空中不停地转来转去。许多次从空中下来，都晕倒了。醒来后，她推开众人，不顾大家的好心相劝，又开始了新的练习。

这次的“唯舞独尊”演唱会其实只有两个多小时，而她却为此准备了三个多月。首场演唱会那天晚上，她尽情地唱歌跳舞，台下的歌迷为之疯狂。当演唱会结束后，她累得蹲在舞台上一动不动，嘴里直喊腿软。之后，没有休息的她，又强撑着把首场演唱会侧录的DVD看完，仔细查找舞台上的任何一个细小纰漏，以便下一场改进，直到凌晨才昏昏沉沉地睡去。

第二天清晨，她早早起床开始排练。彩排时，她再度尝试表演鞍马，由于体力不支，所做的动作失败了，筋疲力尽的她，双手不停颤抖。但晚上正式演出时，她却拼尽全力完美地完成了鞍马动作。那晚，她身着舞衣，像一只美丽的蝴蝶，轻盈无比，在鞍马上翩翩起舞……最后，当她轻巧落地的一刹那，台下的歌迷欢呼声四起。而台上的她，泪水盈眶，激动不已。

她完美出色的演出，最终获得了歌迷的一致好评。她是一个“地才”成功的榜样。

在她的人生哲学中，有这样一句话，她一直坚守——“努力突破自己，人生没有盲点。”生活与工作中的她每天都在思考，可不可以再进步？早些年，在接受台湾《联合晚报》专访时，她曾这样说：“从小就知道‘人外有人’，大家都想做天才，但没有那么多的天才，要当第一并不容易，得非常努力。我不懂那些因困难而中断梦想的人在想什么，我从不知道放弃的感觉是什么！”的确如此，她之后走的路证明了这一切——她始终那么勤奋与努力，从不言放弃。

在她的“唯舞独尊”演唱会VCR中有这样一段文字：有一些天才，因为骄傲自满会半途就黯淡无光；有一些“地才”，会不惜把力气花光、下苦功，让自己变得与众不同，成为经典传奇，原来只要坚持，天才和地才没什么差别！

“积累”成功的人

作家心语：没有量的积累，就没有质的突变。看似笨拙的一点一滴努力，却是取得成功的必经途径。

他生在英国长在美国，父母都是教师，整个童年和少年时期都在家长的严格管教中度过。高中毕业后，他学业优异，顺利进入美国著名大学普林斯顿大学学习。思想保守的父母，对他期望甚高，一直希望他日后可以做一名受人尊敬的律师或政府官员。然而，谁也没有想到，大学时期，因对表演突然产生浓厚兴趣的他，却从此树立了一生的志向——当一名伟大的演员。

1995年，大学毕业那年，他所在班级的同班同学三分之一去了医学院，还有三分之一去了法学院或华尔街等精英汇聚的地方。当同学们询问他的去向时，他却神秘地告诉他们，他要到好莱坞做一名演员。他的回答把在保守的环境中成长起来的朋友吓坏了，大家都以为他疯了。后来，当他把这个不合实际的想法告诉父母后，父亲和母亲都对他这个冒失的决定表示出极力的反对和极为的不解——一个堂堂普林斯顿大学毕业的高才生，怎么可以到好莱坞跑龙套呢?

不管别人怎么反对，他最终还是坚守自己的梦想，从纽约来到了洛杉矶，投入好莱坞的怀抱中，开始了自己的梦想之旅。

在好莱坞，他租住了一个仅够一个人住的小房子。为了生存，最初他不得不到电影公司做幕后工作。第一年，他整天忙碌于复印、整理材料和调整灯光，穿梭于各个办公室之间，甚至有时还会帮老板喂鱼、上街买餐，或者给来工作的演员遛狗。那段时间，他穷困潦倒，生活在饥寒交迫之中，最困难的时候连廉价的房租都交不起，靠父母接济度日。每个周末，他都不得不待在办公室里——他租住的那个小屋子连一台空调都没有。他在会议室里搭起了帐篷，靠“洗劫”公司的食品柜填饱肚子。

这样的日子，后来让他极为厌烦和失望。有一天，他突然意识到自己不能再这样混下去了，就惊慌失措地跑进老板的办公室，大声对老板说：“你知道吗？我想做一个演员！”

老板吃惊地看着他，有些不解，以为他嫌弃工作的待遇低，就赶忙对他说，我刚接受一个广播公司动画片导演的工作，我希望你做我的助手，年薪4万。

老板的话让他极为失望，那天，他决然离去了。

此后，他开始真正为最初的梦想奋斗，开始寻找各种机会，兜售自己，参加各种各样的演员面试。为了实现自己的演员梦，他一边做义工，穿梭于好莱坞几乎所有的工作间，继续做幕后工作，一边参加表演班、刻苦学习表演。

这期间，他虽然屡屡被拒，但也得到了在《吸血鬼猎人巴菲》《急诊室》《恐龙帝国》等剧集中客串表演的机会。再后来，他在电影《人性的污点》中担纲一个重要角色，和影帝联袂表演，并在剧中有不俗的表现，但他的艺术人生仍然没有多大起色。

2004年之前的两年间，他几乎找不到任何工作可做，生活和事业都跌到了谷底。这时，他感到自己的艺术人生前途黯然，心中不免浮起无奈的绝望。在苦苦的找寻后，在长久的等待中，他终于接到了一个不起眼的活儿。一个低成本小电影的导演找到了他，想让他加入剧组。可令他失望的是，他在剧中饰演的是一个仅有10分钟出镜时间的逃犯。他没有拒绝，认真地投入其中。

一个月后，他又接到了一个剧组的邀请，让他去试镜。他马不停蹄地赶过去。试镜那天，因为他在好莱坞各个工作间混迹多年，在场的30多个总监几乎都对他略有印象。那天的表演，他从容自然。那次试镜出奇的顺利，很快他就拿下了这个角色。大家都认为他就是剧中主角不二人选。

这是一部反映正义与邪恶斗争的电视连续剧，在剧中，他饰演一个机智勇敢的建筑工程师，为营救自己已经被误判死刑的哥哥，在黑人与白人两派之间游走，有条不紊地实施着越狱计划。

整个电视剧，剧情悬念迭出，扣人心弦。电视剧在FOX播放后，一时观者趋之若鹜，好评如潮。机智、冷静、重情重义，他把角色拿捏得恰到好处。出神入化的表演，为他赢得了亿万观众的心，从而一夜成名。此后，美国各大媒体的封面纷纷登出他的照片。他还被主流媒体评为“最性感的男明星”以及“银屏上最热的新面孔”。他成为FOX官方网站1998年建站以来观众评分最高的一个演员。

这部电视剧，就是在北美红极一时又在世界各国热播的美国电视连续剧《越狱》。而他，就是在该剧中饰演迈克尔·斯科菲尔德的男主角演员——文特沃斯·米勒。

文特沃斯·米勒终于迎来了自己演艺人生的一个转机。2005年12月13日，第63届金球奖提名名单揭晓，《越狱》获得了最佳剧情类电视剧奖提名，而文特沃斯也因在剧中出色的表现获得提名，和《迷失》、《24》等热门剧集的男主角一起角逐剧情类最佳男主角。

回顾文特沃斯·米勒过去的10年，他做过两个重要的人生决定：一是从普林斯顿大学毕业以后，没有选择华尔街的精英世界，而是转身投入了好莱坞的梦想之中；二是在好莱坞混迹10年未果的情况下，没有选择放弃，而是一直在坚持，虽然坚持得异常艰难。

为了梦想，10年间他换了12份工作，经历了488次面试，34岁时才终于换来了一个金球奖提名。而这仅仅只是一个开始。

后来，当别人夸奖他超人的表演天赋时，文特沃斯和别人这样谈及自己的成功：小时候每天出门去读书前，父亲都会对我说一个词“积累”。每一次考试、每一次测验、每一次和老师的对话，这些都会对最后的成绩产生影响，决定你能够考上什么大学，你能过怎样的人生？所有小事加在一起就是一件大事。这就是你的人生。

每个小女孩心中都藏着一个“大女孩”

作家心语：有了梦想，就要勇敢地尝试。不去尝试，就是一场空想。

罗丝·汉德勒和丈夫埃利奥特·汉德勒创建了美泰公司，经过近十年奋斗，才把公司从亏损状态发展为有微薄利润的小型专业玩具生产厂。这期间，公司设计、生产、销售过无数种产品，但从没有什么惊天动地的杀手锏产品。

1957年的一天，罗丝看到女儿芭芭拉在和一个小男孩玩剪纸娃娃，女儿沉迷其中。这时，罗丝发现，他们玩的剪纸娃娃并不是当时常见的那种婴儿宝宝，而是一个个少年，并有各自的职业和身份。一瞬间，她忽然产生了一个奇特的想法：为什么不做个成熟一些的玩具娃娃呢？

罗丝想：女孩、男孩玩游戏，其实不过是在做“角色扮演”——预习她们将来成人的体验。对于一个小女孩来说，谁不希望自己将来长得漂亮，懂得如何搭配衣着，知道如何打扮入时，能够展现自己的个性和风采呢？！世界上每个小女孩心里一定都藏着一个“大女孩”。再想想当时市场上给女孩子们玩耍的洋娃娃，她就生气，那是一堆什么样子的玩具呀：一个个用绒布塞得鼓鼓囊囊的，大大笨笨的脑袋，圆圆肥肥的肚子，直统统上下一样粗细的手臂和脚杆儿——好笨好丑，从不管它什么比例、时尚、品位、制作工艺之类。

不久，无意中，罗丝又发现自己的大女儿平时喜欢涂涂画画，画面里充斥了各式各样“大女孩”的形象，这更加坚定了她的想法。

罗丝要给全世界的小女孩送去一个“大女孩”模样的洋娃娃，市场上从来没有过这样的产品，这可是个很有潜力的大市场。

罗丝坚信自己的直觉是对的。于是她兴致勃勃地把这个奇特的想法告诉了丈夫。没曾想，丈夫一听这个主意就连连说“不”：“别异想天开了，且不说小女孩是不是喜欢‘大女孩’，买洋娃娃可都是从大人口袋里掏钱，老爸老妈谁会给自己的孩子买这些挺胸翘臀的骚女人玩儿？！”为了彻底打消妻子胡思乱想，第二天，丈夫拖着她来到公司设计部，当着众人面把她的想法讲解了一番，结果遭到所有设计师的反对，接着他还拉着她来到公司组装线上，问大部分都是孩子妈妈的工人，是否愿意为自己的女儿买这样的玩具，结果得到全场异口同声地说“不！”

的确，这个简简单单的想法在当时是无法使人信服的。在大家看来，罗丝的想法太超前了，所以显得奇异怪诞、不着边际。

虽然遭到了众人一致否定与反对，罗丝还是决定去尝试一下。她执迷不悟，一意孤行，顶着巨大压力，在公司上下一片哗然声中，强行启动了自己的“疯狂冒险”计划：她命令设计师们完全按照自己的意思设计一款心目中的“大女孩”形象：鹅蛋形的脸蛋，大大的眼睛、弯弯的眉毛、翘翘的鼻梁、高高的胸脯、细细的腰身、修长的四肢……体型设计一改再改，最后定型为一个三围39-21-33的绝对的“迷你版”美女，并且替她配备了一个五颜六色的衣柜，二十套盛装；然后，她又命令生产部门采用最好的材料、最新的工艺技术，精工细作，务求每件衣服做到细节的逼真，连脸上的眼线都必须画得惟妙惟肖；她还命令市场部制作大投入的电视广告片；最后，她决定用大女儿的名字来命名这批洋娃娃的品牌：“芭比”。

“芭比娃娃”在罗丝的千呼万唤中，终于诞生了。尽管罗丝满怀信心，但公司里仍然一片质疑声。大家都垂头丧气地等待失败降临，罗丝却在寻找着最佳的出手时机。

1959年初春，一年一度的国际玩具交易展，在曼哈顿城中的玩具中心隆重开幕，成千上万来自世界各地的玩具订货商冒着寒风在这里欢聚一堂。罗丝觉得机会来了，特意为“芭比娃娃”租下最显眼的展位，精心布置，让“芭比娃娃”靓丽登场。此外，她还特意在马路对面租下一个酒店套间，移走了房间里的床和家具，搭起了一个私密的展室，准备接待重要的玩具分销商。

罗丝信心万丈，拭目以待。但她怎么也没想到，事情却大大出乎她的预想。当年美国正在到处宣传“登月计划”，所以展厅里的飞船、火箭、宇航员的模型成了最热门的抢手货，形成鲜明对比的是，一旁居于要位的“芭比娃娃”却无人问津，即使偶有人过问，他们脸上无不带着疑虑、不解甚至不屑一顾的表情。

罗丝感到失败正在降临，她内心无比的焦虑。果然，时间一天天过去了，订单却寥寥无几。败局已定，唯一让她略感欣慰的是，展会的最后一天，她终于和美国最大的百货连锁店西尔斯签下订单。罗丝的冒险行动终于以纽约国际玩具交易展的全线败北而告终。

当她拖着疲乏不堪的身体，在众人的窃声讥笑中，回到她洛杉矶的办公室时，连她自己都开始相信自己是彻底错了。清醒过来的她，开始处理“后事”。她先是解散了“芭比”设计团队，让他们回原来的岗位，各司其职，紧接着赶紧打电话让生产线停下来，取消预订的生产计划，以免公司蒙受更大损失……

正当罗丝从弥漫的梦幻里重返现实的时候，丈夫却急匆匆赶来，上气不接下气地说：“对不起，我们全错了……芭比娃娃的订单铺天盖地像雪花一样地飘进来啦……”

罗丝大惑不解，一下子僵住。然后，激动地站起身来，从台子上抱起一个芭比娃娃，推窗而望。这时，她似乎看见远方高楼大厦的窗户也都一一打开了，一个个小女孩从窗口探出头来伸出双手在尖叫：每一个小女孩心里都藏着一个“大女孩”！

原来，因为芭比娃娃的媒体广告投放滞后，在国际玩具交易展结束之后才纷纷在媒体上亮相。而各地的小女孩和年轻妈妈们，在电视和报纸上看到了芭比娃娃的广告后，即刻蜂拥抢购，但大部分分销商并没有在展会上预订芭比娃娃，这样热闹的场面让商家们都傻了眼，于是他们纷纷寄来订单。

事实胜于雄辩，事实证明罗丝的想法是对的——每一个小女孩心里都藏着一个“大女孩”。很快，美丽的“芭比娃娃”就畅销全世界，成为了美国文化的一个重要代名词，美泰公司也从一个不起眼的小公司一跃成为世界上最大的玩具公司。50年过去了，芭比娃娃仍然是美泰公司里千金不换的骄傲公主，大家都不会忘记，创造这一奇迹的，是一位懂得大胆创造与执着坚守的女士。

绝症中隐藏的“机遇”

作家心语：人生没有真正的绝境，只有绝望的人。“困难与希望同在，机遇与挑战并存。”人生之路不总是宽路、直路和上坡路，时时要面临窄路、弯路甚至下坡路。宽路、直路和上坡路好比机遇，窄路、弯路和下坡路好比挑战，它们是相伴相生的。困难中不绝望不放弃就能看见希望，希望中奋力抗争就能发现机遇，抓住机遇，获取另一个不一样的成功。

生病前的陈宏身材高大，是台湾资深新闻工作者，摄影名家，还改编过古典名剧《桃花扇》。生病后，一切都变了。

1999年，陈宏出现“运动神经元病变”的早期症状。这是一种令人恐怖的疾病。一旦得了这种病，身体就像踏进了冰河，逐渐被吞噬，一点点动弹不得。更可怕的是，大脑却像正常人一样，无比清醒，能感受到身体变僵硬的整个过程。这种怪病，不仅病因不明，还无法治愈。确诊3年之后，50%的“渐冻人”会失去生命，5年之后，这一数字上升为90%。

当陈宏还能拄手杖，勉强移动脚步时，神经内科的医师就嘱咐家人为他准备轮椅。他听了极为反感，断然地说“我要自己走！”

没承想，不久，坐轮椅都成了奢望——他瘫在了床上，靠着呼吸机、食管和尿管维持生命。

那天，学生们来医院看他，他不见。他们就一直站在病房外等，说老师不见，我们就不走。陈宏于心不忍，才放口“说”好吧，你们进来，来参观动物园吧。

那时，他嘴里、鼻子里插着管子，两只手臂上连着点滴的管子，胸前、脚踝还缠绕着心电图的线路，连说话的力气都没有了。整个人“惨不忍睹”。

此时的陈宏已经对人生彻底绝望了。他以自我嘲讽的口吻对旁人说，我辞职了，不当你秘书了。望着日渐消沉的陈宏，大家心急如焚，无计可施。这时，陈宏的主治医师走过来，异常亲切地对他说：“把病中经历记录下来吧，有你这种经验的人不多，有兴趣以文字表达的人更少。”

听到这句话后，陈宏猛然一震，一下子顿悟——原来我还是幸运的。从此，连翻身、吐痰都要别人帮助的他，开始“笔耕不辍”。

可这又谈何容易。在妻子的帮助下，他开始用眨眼的方式疯狂写作。一张透明塑料板上，写着21个声母和16个韵母。妻子刘学慧要挨个指一遍，每指一次，就看一眼丈夫，如果丈夫笑了，那就是错了，如果丈夫眨了一下眼，就是这个声母了。16个韵母，也这样挨个指一遍，直到丈夫第二次眨眼。

病前只要几分钟就可以说清的事，如今用眨眼的办法，花上几十倍的力气也未必能说清。而且陈宏用字又极为讲究，写完之后还要一改再改，一篇千字的文章总要写上3个星期。

即便如此，他还是坚持下来了。在台北市立联合医院忠孝院区祈福病房，刘学慧就这样站在丈夫陈宏的病床边，记录丈夫眨眼“写”下的所有文字，一站就是10年，一写就是7本著作。陈宏先生的生命陷入寒冬，却绽放着春天般的美丽心情；人生步入晚霞，却辉映出朝阳般的璀璨光芒。他于1999—2007年间，以190185字，创下“眨眼写书出版最多字数”的金氏世界纪录。凭借《眨眼之间》《我见过一棵大树》等七本著作，2005年，他获得了“全球热爱生命奖”，2006年又荣获了“全球生命文学创造奖”。

成功的机遇处处皆是，即便是你身患绝症也一定隐藏着旁人无法察觉的“天机”。

万分之一的机会也是机会

作家心语：机遇和才能，是年轻人都想得到的两样东西。没有机会的时候，你要抓紧时间培养才能；当机遇来临的时候，哪怕稍纵即逝，只要你具备驾驭它的能力，就要紧紧抓住它不放。这样，成功才会眷顾于你。

他是一个并不知名的男演员，从艺以来，特别渴望能参演一些有影响力的大戏来提升自己的演技与知名度。虽然他曾参演过《重案六组》《曼谷雨季》《烈火金刚》和《以妻子名义》等十几部电影电视剧，其中也不乏饰演男主角，可并没有被人们所熟知。

其实，许多人并不知道，他还是一个金牌编剧的儿子，应该有很多机会来参演他父亲的作品，而且他父亲的作品捧红了许多新人。他也一直有一个愿望——参演父亲的作品。可自从他做了演员这一行，父亲从来都是反对的，甚至还经常打击他——和熟识的娱乐圈里的导演和制作人打招呼，告诉他们，别招惹他，就说他长得太丑不适合演戏。父亲这样做，只是想以此来改变他的心。父亲了解他，一直认为他的性格并不适合做演员，也害怕他顶不住娱乐圈的种种压力而被伤害。可他太热爱这个职业了，父亲的种种阻挠终究没有取得什么效果。后来，生气的父亲就和他约法一章：永远不要参演由父亲的作品改编的电影电视剧。

他一直与父亲的作品无缘，从《永不瞑目》到《玉观音》，然后到《拿什么拯救你我的爱人》和《深牢大狱》，一直到刚刚热播过的《五星大饭店》。看着因为饰演父亲的作品而一炮走红的演员，他很是羡慕也甚是苦恼。他一直在寻找着突破的机会。在拍摄《五星大饭店》的时候，他曾经乞求父亲给他一个小角色，哪怕是一个开门的小门童，一个只有一两秒钟镜头的角色，可最终也被父亲断然拒绝了。为此，他有些怨恨父亲。

2007年，父亲准备筹拍新作《舞者》。他在背后一直关注着这部电视剧的拍摄。可从父亲和导演那里得知，《舞者》的拍摄决定一改启用新人的旧习走明星路线后，他大失所望。

《舞者》剧组成立后，开始寻找男女主要演员。父亲倾向于用成熟的、有个人魅力的知名当红女演员孙俪、李小璐来演女主角，而对于男主角，父亲和剧组决策方决定用韩国的知名男演员李俊基来演。

其间，他也听说这些当红演员因为档期问题可能无法参演，剧组或许会考虑起用新人，心中就又升起一线希望。后来，他还是鼓起勇气对父亲说，我会舞蹈，这个男主角不是需要一个会舞蹈的男演员吗？我觉得挺适合我来演的。可父亲这样回应他：你做梦吧，就是李俊基不能来，还会有很多的后备人选，更何况剧组还在和他谈。父亲为了让他彻底死心，还告诉他，剧组甚至做好了推迟拍摄的计划——等李俊基的档期。在父亲看来，他是没有任何机会的。

他没有再说什么，默默离开了父亲。父亲都说到这个份儿上了，他还能说些什么呢。不过，他还是没有死心。在他看来，机会还是有的，可能就是万分之一——那就是等剧组起用新人，在新人中启用他。

他怀抱一线希望，开始做着百分之百的努力。他背着父亲偷偷弄来剧本，开始仔细研读。看到《舞者》最先拍摄的镜头是男主角躺在医院里后，他想男主角一定应该很消瘦，于是就开始拼命减肥。他制订严格的减肥方案，开始了疯狂的减肥。他每天不吃饭，只是吃两个西红柿和一根黄瓜挺着，一天还要吃三次减肥药，早晚各跳一千下绳，下午到健身房再锻炼一个小时。他完全是把自己当作男主角来做准备的。二十天的减肥生活曾经让他虚脱过3次，可他仍然坚持。减肥的效果十分明显，二十天后，1.77米138斤的他最后减到了104斤，完全符合剧情的要求。

这时，因为明星的档期问题，《舞者》剧组最终并没有和李俊基签约。剧组没能走明星路线，于是决定起用新人。他听说后，激动不已。幸运终于降临在他头上。他出色的条件最终赢得了导演的认可，父亲这时似乎也无话可说。他终于可以参演父亲的作品，而且在剧中饰演男主角。

2007年5月，《舞者》剧组向外公开表示由他饰演男主角高纯。这时，舆论一片哗然，许多媒体都认为是父亲想捧红他。其实，只有他自己清楚，这期间，为了这一天的到来，他经历了多少波折，付出了多少努力。

2008年《舞者》热播，以全国收视第一的好成绩独霸电视荧屏。赚取了无数观众的眼泪，并成功续写海岩剧收视奇迹的神话。新一代“岩男郎”、“岩女郎”也迅速被大众所熟知、喜爱。他在剧中的出色表演也得到了观众的一致认可。

他就是知名作家、著名编剧海岩的儿子——侣皓喆，一个靠勤奋努力叩开成功大门的人。

侣皓喆在用行动告诉我们：万分之一的机会也是机会，只要努力，一切皆有可能。

用一根手指拥抱世界

作家心语：没有人能真正剥夺你对世界的爱。即便身处绝境，只要不放弃，你依然拥有追逐梦想的机会与权利。失去什么都不能失去希望，放弃什么都不能放弃抗争。

2007年12月23日，风华正茂、年仅24岁的平面设计师王甲，以十万分之六的罕有概率被确诊为“渐冻人症”（肌肉萎缩侧索硬化症）。

这是一种与艾滋病、癌症并称的世界五大绝症之一，当今医学界尚无任何有效的治疗方式，换句话说，这种病没有治愈或好转的可能。这是一种神经系统疾病，会悄无声息地蚕食病人的一切行动能力，如同躯体上蔓延的冰，渐渐冻住他们的身体。而更为残忍的是，这种病并不伤害感觉神经，不影响心智、记忆和感受，“渐冻人”们将在头脑极其清醒的状态下，眼睁睁看着自己的生命之花一点一点凋谢枯萎——不能行动，不能说话，不能吞咽，直至不能呼吸。

患病三年来，疾病很快夺走了王甲健硕的体魄、说话的能力与站立的力量；留给他的，至今，仅有一根多少使得上力气的手指和可以眨动的双眼。

是向命运屈服，还是向命运抗争？可一根手指头怎么向命运抗争，一根手指又有什么用呢？

或许许多人都会认为，一根手指干不了什么，而王甲却偏偏要用这根手指拥抱整个世界，用这根手指去创造奇迹——设计作品坚守梦想，书写文字砥砺人生，并以此向世界传达他对生命和人生的理解与改变命运的决心，以及他对世界无限无私的爱。

每天清晨，他都会早早起床，在妈妈帮助下洗漱、吃饭，之后坐到电脑前，静静地构思、设计。在家人或朋友的帮助下，他的右手被置放在鼠标上，最有力气的右手食指被固定在按键上。开始设计或打字时，他缓慢地由外向内移动手臂，在屏幕键盘上点出第一个字母。此时，他已无力再把手臂撤回来。而家人或朋友却要猜他要打哪个字，然后看他眼神上下左右移动，帮他确定鼠标的位置，看他点出第二个字母……

他们之间的约定很有意思，眨眼表示“是”，不动表示“否”。许多时候，一个简单的文字或符号，需要反反复复配合好长时间才能完成。

王甲就是这样用这根尚且有力的手指继续自己的设计事业，在与病魔顽强斗争中，他陆续完成各类设计作品近百件。同时，疾病也使他的设计带上了更为深刻的社会关怀。汶川地震后，由他设计的公益海报《泪》和《中国的脊梁》被一家杂志采用了。在收到3000元稿费之后，生活极其贫困、急需大量救治资金的他，却把稿费悉数全部捐给了灾区。

王甲还用这根指头写博客，以文字激励读者与自己。他在博客里写道：“一个男人要把一切苦难当作美食咽下，细细体悟其中滋味”，“我一直没有放弃，一直在战斗，一直尊严地活着”，“幸福找到我，幸福说：瞧，这个病人，他比我本人还要幸福”，“一根手指的力量如果找到支点可以撬起地球，一份爱的温暖如果找到港湾可以点燃生命”，“我知道我是个病着的穷人，我试着让灵魂更加丰富，做个精神富翁”……

王甲博客中的文字，感动了许多博友，大家纷纷留言鼓励他继续努力。有博友给他留言：你是真正的男人，真正的勇士！还有博友激励他：一切的苦难都会过去，胜利终会向你招手。

现在的王甲，仍然像个斗士那样在同不公的命运抗争。每天，他除了帮一些朋友搞设计外，还在写一本自传《青春无悔》。他渴望早日能完成和出版这本书。他要把自己的经历和感悟都写在这本书中，他想让更多人能从中感悟到人生的意义与生命的真谛。

3分钟成就梦想

作家心语：成功就是从不放弃，梦想贵在不断坚持。机遇就是契机、时机或机会，它青睐有准备的人，不相信眼泪，与懦弱、懈惰无缘。君子藏器于身，待时而动。机遇稍纵即逝，只有目光敏锐、勇敢果决者才能捕获它。

他出生在湖南一个寻常农民家庭之中，父亲是一名普通乡村医生，而母亲，则是一名普普通通的农民，整个家庭，没有一个人与艺术搭上边，可是，他自小却对艺术充满兴趣和梦想。

小的时候，他迷恋书法，常常和弟弟一起，拿着毛笔，对照着毛笔书法字帖，在自家的墙壁上四处涂鸦。几年下来，竟然写得有模有样，连学校的美术老师都自叹不如。

高三那年，他怀揣着艺术的梦想来到湖南师范大学一个艺术辅导班学习，决定参加艺术类高校的招生考试。3个月的封闭训练，让他脱胎换骨——从入班时的一名普通学生，成长为结班时辅导班里最出色的艺术生。那时，他是班里最勤奋的学生，每天第一个到校学习，直到深夜凌晨还在练习之中。为了节省时间，他剃了光头，三个月只洗了两次澡——艺术梦想，此刻，在他心中，犹如一轮光芒四射的太阳。

之后，他考入北京一所学校，继续学习与美术绘画相关的专业，圆了自己的大学梦。可仅仅上了一年，他就瞒着父母悄悄退学了。因为每年一万多元的学杂费，成了家庭无法逾越的高山，也成了他沉甸甸的心理负担。

为了继续自己的艺术梦想，来到北京的第二年，他从家里带出来5000元钱，瞒着父母开始了正式的"北漂"生活。

他下定决心：不在北京闯荡出一个名堂，决不罢休。

他的人生从此开始以另外一种姿态延续。他开始像许多"北漂"族那样，租住在北京郊外每月几十元钱的贫民窟中，靠啃大饼吃咸菜度日，为梦想艰难拼搏。

他拿着从家里带的钱先学习影视表演，有所成就后就去跑龙套，曾经出演过许多像"被一脚就踹死的小太监"之类的小角色。

当看到当演员无望后，他又转行迷恋上了口技表演。

拜师学艺，小有所成后，他又开始出去闯荡。为了能够登台表演，他想出各种办法推销自己。他到各种演出机构、表演场所推荐自己，还将写有"会表演、会口技，能模仿猫、狗叫等各种声音"的"自荐信"张贴在地铁口淘机会。可这样的办法终究没有多大收获，多数情况，他被人拒之门外。后来，他终于用"免费表演"的推销术敲开了一家酒店的大门，开始长期在酒店里从事口技表演。那时，他从酒店里得到的是，包吃包住的待遇和可贵的登台机会。虽然他表演的口技不被欢迎，但一有机会，他还是大胆登台表演。

随着表演经验的逐渐积累，他的表演也越加老练和沉稳。他开始在圈子里小有名气，开始有了和魔术师同台表演的机会，后来还自学了魔术，居然还表演得有模有样。

2004年的一天，一段网络视频深深吸引了他，引起他强烈的震撼。那是一段匈牙利艺术大师表演沙画的视频，大师用沙子作画的独特艺术表演形式，令他目瞪口呆。他匆忙找来白色玻璃，边看边学。可他终究没有学到多少，更不会拿到舞台上去表演。

那是一段他最不堪回首的日子。度日如年，梦想也遥遥无边，日子虽然过得艰难，但他一直坚信，自己身上，还有那么一点点艺术细胞，还拥有一点点艺术天赋。为了圆心中的艺术梦想，他唯一可以选择的就是，坚持，坚持，再坚持。

到了2007年，他在北京闯荡了7年，依然“功不成，名不就”。在北京的生活愈加让他感到绝望，可他却不甘心就这么灰头土脸地回去。严酷的现实逼迫着他不得不继续为生存和梦想奋斗。

这一年的某一天，他如常去参加一些商业表演，演出间歇，和一位同行聊天。他随口问他，你知道沙画吗？没想到朋友居然知道，还很“内行”。朋友这样回答他：沙画太棒了，只可惜现在国内没有搞沙画艺术的，要想请人进行沙画表演只能找国外艺术家，可国外艺术家请起来太不容易，档期问题、交通问题、日程安排，等等，特别麻烦。后来，朋友用叹息的口吻向他透露，目前自己手头就有一个关于沙画的合约，因为无法敲定艺术家而迟迟无法签约，而这张合约的价值是20万元。

朋友的话，让他眼冒金光。他觉察到，自己的机会终于来了。他犹豫了一下，马上告诉他，我会沙画。

他的话让朋友一惊。朋友用狐疑的目光看他，一脸的不相信。他立刻以严肃的口吻质问他，你见过我什么时候说话没谱吗？

朋友笑了——的确，他在圈子里是出了名的诚实守信，所有关于他的演出，他从来不会迟到，不会早退，更不会爽约。朋友笑着告诉他，还有20天，你抓紧时间准备吧。

朋友签了合同，只是每天都打电话来，用不安的口吻问他沙画作品创作的进展情况，而他则一头扎进沙画表演的创作中，埋头苦干。

那时，国内没有一个人画过沙画，仅供学习的资料也仅仅是一小段从国外传来的网络视频，一切都需从头摸索。

他开始彻夜琢磨如何进行沙画表演，昼夜不停地赶制道具。他从工地取来沙子，反复淘洗干净后，炒成金黄色，还自己动手设计盛沙的盘子。他自己摸索表演的程序，自己创作图画，研究表演手法与表演技巧。

合约上，沙画的表演时间是3分钟，他就在家里反复练习。

20天过去后，他终于忐忑不安地站在台上，开始了自己平生第一个沙画作品的表演。那是一个艰难的开头。尽管他在台下做了充分的准备，但首次用沙画表演，还是让他紧张不已。灯光暗下、音乐响起的那一刻，他脑子一片空白，之前为此所做的一切准备似乎都派不上用场。随着音乐的响起，他开始艰难地一步一步地表演。他额头开始渗出汗珠，抓沙的手微微有些发抖……所有的这一切都让他难以忍受。关键时刻，他当年的美术绘画功底和这些年来一点一滴积累起来的表演经验帮了大忙，他艰难地用沙子完成了3分钟的绘画。

3分钟表演时间，在他看来漫长得犹如过了一个世纪。

表演结束后，他以为自己彻底完蛋了。可出乎意料的是，台下掌声雷动，大家都被他这种独特的艺术表演形式震住了。

那是一个近乎完美的开始。那天，台下坐着的有中央美院的教授、奥组委委员和美院的学生，大家都为他的表演而感到震撼。一时间，他声名远播，名扬天下。那是一次绝好的展示自己的机会，从此他一发不可收拾，请他进行沙画表演的邀请一个接着一个。

他开始全身心地投入到沙画的创作与表演中，将中国的写意画融入到沙画创作中，创造出大量区别于外国又极富本土特色的作品。他佳作不断，声名日隆。

两年后，他俨然已经是两家文化公司的老总。而他的表演，被人们誉为中国当代“最好的演出”。他就是中国当代最负盛名的沙画大师、青年表演艺术家——苏大宝。

谁说人生没有转机？关键时刻，苏大宝用3分钟，把自己从命运的泥潭中拖了出来，成就了自己的艺术梦想。而这3分钟，凝聚的是他数十年努力的汗水和瞬间抓住机会的能力。

给我一个对手，让我战胜自己

作家心语：诺贝尔说："要成功，需要朋友；而要取得巨大的成功，则需要强大的对手！"对手之间不仅可以相互竞争，还可以相互促进。对手就是一面镜子，可以从中窥见自己的样子。是对手让你变得更加强大。

2006年初，在广东当保安的王洪祥，在宿舍里观看了一期河南卫视《武林风》栏目的节目。那是一期"武林风"的年终总决赛，当他看到当年的年终总冠军获得了一辆轿车时，激动不已，当即决定参加该栏目组组织的"海选"。在他看来，那位获胜的年终总冠军并不比他强多少。

在经历了一些波折后，经过海选，王洪祥终于如愿地站在了"武林风"的擂台上。2006年9月2日，王洪祥顺利地从初赛一路过关斩将，攻到了上期擂主昌志旺面前。站在他面前的对手十分强大，以太极推手见长，又身兼摔跤、散打等多项技艺。那场擂主之争，打得异常惨烈，双方各两次倒地，最后王洪祥以右手中指骨折为代价险胜。

荣胜之后，电视台曾征询过他的意见，是回去治疗，还是带伤作战。他看了看接下去的对手名单，果断地选择带伤打下去。在随后的几场比赛中，这位初出茅庐的年轻人过了一把“杨过瘾”，放弃了使用右拳，以自己的两条腿和一条左臂出击，轻松赢得了接下来的几场比赛。一路战下去，短短几个月，他赢得了“7连胜”。2007年2月10日晚，是《武林风》年终总决赛，获胜者不仅可以获得“《武林风》中华民间英雄”的荣誉称号，还能带走本届比赛最重的15万元现金大奖。那场比赛，他志在必得，最终轻松击败劲敌金宏雨，成为百姓擂台年终总冠军。一夜之间，这个曾经默默无闻的保安，名扬天下。

2007年，成为“中华民间英雄”的王洪祥，开始接受新的更大的挑战——专业搏击对抗赛，而且对手都是外国的顶尖高手。

一路比赛下来，他几乎是顺风顺水，势如破竹。每一次连胜，虽然都给他带来了巨大的心理压力。但强者，总是以勇者的姿态迎接挑战，不断去战胜一个又一个对手。2007年8月25日，在“中日七对七亲善赛”中，他战胜了日本选手春日俊彰；2007年9月22日，第三届“中越对抗赛”，他战胜越南选手阮明智；2007年11月17日，第二届“中泰对抗赛”，他战胜泰国选手圣瓦勒克·西拉苯……2009年9月5日，在“走进拉斯维加斯”的比赛中，他又轻松击败世界自由搏击总会美国排名第一的乔希里，蜚声海内外。这次比赛，他又赢得了美国民众与媒体授予他的一个新的光荣称谓——“China 王”。

至此，王洪祥在拳台上保持了29场连胜的超人战绩，在11场对外比赛中，他以全胜的姿态出现，并多次KO对手，成为一颗最耀眼的武术明星。

看王洪祥的比赛，是一种享受，他那猛虎下山般的王氏打法征服了每一位喜爱他的观众。虽然，每次在他的开场赛上，主持人都会向大家做一次“心理疏导”——任何一个强者，都有失败的那一天，或许失败的那一天就是今晚……但大家还是对他充满信任与期待。

2009年10月10日，从美国大胜归来的王洪祥，还没有尽享成功的喜悦，又接受了新的挑战。首届“中墨对抗赛”战幕拉开，他迎战墨西哥选手莱斯特。那是一场令人揪心的比赛，第一局还处于优势的他，第二局因为一时疏忽大意，被对手飞起的一腿击中头部，轰然倒下。“太意外了，王洪祥被对手KO了……”当主持人激昂的话语在赛场上空回荡时，所有人都惊呆了。眼睁睁看着心目中的王者被人搀扶着走下擂台时，许多他的忠实“拳迷”，都落下了失落的泪水。王洪祥首次败北弗朗基·莱斯特之后，受到了全国各地武术爱好者的关注，有人惋惜也有人非议，但更多的是理解和支持。比赛过后，面对媒体，王洪祥很坦然，用略带调侃的口吻说，许多人都说我不够完美——因为我没有失败过，现在，我终于完美了。

这次失败，让王洪祥遭受重创，被KO后，因为鼻骨和腿骨骨折，他在医院待了一段时间后，又回家静养了。

在经过一段时间的调整，病愈之后，谁也没有想到，他很快又回到擂台上，开始了属于他自己的新的征战，迎战世界散打的最强者——伊朗散打世界冠军侯赛因·奥贾吉。

王洪祥的选择令许多人不解，因为大凡稍有常识的人都知道，即便是拳王泰森，从监狱出来后，第一场比赛，教练组在给其选择对手的时候也是先找个软柿子捏一下，以便让他建立信心找找比赛的感觉，而他却反其道而行之，不但没找软柿子捏，反找了个更加强悍的世界级高手对阵。

对于这场比赛，许多人并不看好他，都以为他疯了，自寻死路。

2010年1月31日，第四届环球球王争霸赛如期而至。那是一场艰辛的比赛，面对世界散打冠军侯赛因，王洪祥和他斗智斗勇，打得小心谨慎又积极主动，中途险些因为受伤放弃比赛，令人吃惊的是，最终他还是以微弱的优势赢得了这场比赛。China王，以更加强大的姿态，站在了世人面前，并再一次完成了完美的蜕变。

从民间功夫高手，到世界搏击赛场的强者，短短几年，王洪祥完成自己人生的完美转身。对于他的成功，许多人都认为是一个神话。

思考和探究王洪祥的成功之道，我们不难看出：与强者对阵，才能成为强者。挑战强者，才能不断战胜自己，超越自己。王洪祥靠什么成功？除了天分和努力，还在于他那颗挑战强者的心。正如他在节目中一直所说的那样——给我一个对手，让我战胜自己。

你非无可替代

作家心语：位置是为那些勤奋的人准备的。不努力，你终究会被后来者超越、替代。

你若问2011年电视荧屏里最红的女演员是谁，一定会有人说，非杨幂莫属。的确，这个85后女演员，这一年收获颇丰，火爆荧屏，在多部电视剧和电影里频频露相，霸占着全国各大卫视的黄金时间，还在电影院和流行音乐界抢得一席之地。

2011年，由杨幂主演的穿越剧《宫》开播后就一直稳居中国同时段收视率第一，并屡创新高。戏内晴川与八阿哥的感情纠葛牵动人心，戏外晴川的扮演者杨幂也因此被大众所喜爱。凭借此剧中的出色表演，杨幂首次上榜2011年福布斯中国名人榜，排名第92位。而且还入围第17届上海电视节"白玉兰奖"最佳女演员，并拿下"最具人气女演员"奖。由杨幂演唱的《宫》主题曲《爱的供养》也在网上广泛流传，登上各大试听网站的冠军位置，得到粉丝的喜爱。2011年6月25日，在第四届中国网络影响力颁布盛典中，杨幂入选"中国网络影响力2010年十大影视演员"。此外她还拿下了北京电视台文娱十年影响力盛典"最佳新秀人气奖"、2011搜狐视频电视剧盛典"最具网络人气女演员"等。一年里，杨幂大大小小拿了十几个大奖。

2011年7月8日，由杨幂主演的惊悚电影《孤岛惊魂》联合万达院线全国59家影院启动了大规模午夜首映，好评如潮，业绩不俗。

这一年，杨幂在香港签约少城时代，并加盟环球音乐，正式进军歌坛。

这一年，大家对她的认可程度和喜爱程度超乎她的想象。连她自己都说，我火了，所到之地，到处是一片杨幂、杨幂的呼喊声；原来，常常有人说你这不对那不好，现在什么都是好的了……

这个火可谓一塌糊涂。因此就有人说她是一夜成名，有人说她是偶像派是运气好。但是，最清楚的还是她自己。在一次节目访谈中，她公开谈到了这样一件事情。

那是2005年刚上北京电影学院的时候，有一段时间，她总是无所事事地闲玩，要么躲在宿舍里闲聊，要么拉朋友逛街，几乎荒废了学业，对待学习一点也不在乎，也懒得拍戏，整日沉醉在过去的名气里混混沌沌过日子。当时，大家都羡慕她是小有名气的明星，因此做什么活动都把她抬举得高高的。为此，有很长一段时间，在她内心深处总以为自己是无可替代的。每每想起自己的过去，她就充满自豪：4岁时出演《唐明皇》里的咸宜公主，5岁时在香港电影《武状元苏乞儿》中饰演苏灿（周星驰饰演）的女儿，6岁时与六小龄童合作主演《猴娃》，15岁时做起了杂志模特，16岁签入旗下的荣信达公司，18岁时接演《神雕侠侣》里的郭襄一角广受赞誉……就这样匆匆半年而过，她几乎一无所获，当大家快要将她遗忘时她才猛然惊醒：原来不努力，谁都可以被时代潮流赶下去——自己并不是那个无可替代的人，不努力谁也都不会是无可替代的。

醒悟后的她，一改旧态，振奋精神，开始勤奋学习和勤奋工作。上学期间和毕业后，她都是马不停蹄接戏，玩了命的演戏，被圈儿里人赞为“拼命三娘”。由此，她的表演生涯开启新的篇章，在2009年4月的“80后新生代娱乐大明星”评选活动中，杨幂成为内地新“四小花旦”，与黄圣依、王珞丹以及刘亦菲并驾齐驱。2010年，仅仅一年时间，杨幂就接拍了《十二生肖传奇》、《洪武大案》、《京城四少》、《我们同是一家人》和《宫》等5部电视连续剧，还参演了《孤岛惊魂》和《人鱼帝国》等2部电影，并拍摄了多部广告。专注的精神，超人的付出，密集的曝光，这才成就了2011年红透荧屏的杨幂。

没有人能够随随便便成功，世上也不存在什么一夜成名。成名后的杨幂，更加珍惜每一次机会，总是在努力中追寻成功。台上专注、台下匆忙的身影和疲惫的背影，是她成功的最好注释。

青春期的那颗朱砂痣

作家心语：友谊是成长过程中最美的花朵。因为有了友谊，有了爱，人生才变得温暖与芬芳。

13岁那年我在一所乡村中学读初中二年级。因为结识太多混日子的死党，整个人几乎是疯掉了。于是学业一塌糊涂，几乎所有科目都亮起了红灯。

那时，旷课，逃学，打架，和老师顶嘴几乎成了我全部的校园生活。为了管教我，班主任决定把我孤立起来，并告诫班里其他的学生一概不许理我，我的座位因此也由前三排，一下子移到了最后一排的一个死角。我成了一个无人理会的孤家寡人，每日，无聊的时候，只能与墙壁默默交谈。

那天，班主任贾老师领进来一个瘦瘦的女孩子，对大家说她叫江南，新转来的。我抬头望了望她，然后用玩世不恭的目光盯了她一眼就不再理会了。的确，不可否认，她是一个十分漂亮的女生，她的洋气长相与装扮立刻把她与班里那些丑小鸭区分开来。可是，这又与我有何相干呢？

可是，我错了。因为座位刚刚调过的缘故，无奈，班主任只好把江南安排在我旁边的空位坐下来。江南的到来让我立刻不自在起来，尤其是和一个美丽的女生坐在一起，让我芒刺在背、坐立不安。

据说，她的成绩超好，从市里一所重点中学转学来的。这样的情况更加让我汗颜。

第一次因为这样一个特殊的女孩子，我开始有了几分收敛。第二天，我偷偷换洗了干净的衣服，并理了短发，还第一次破天荒地把上课用的所有资料全部带齐。在那个偏僻的角落里，第一次听她用优美的普通话回答问题，第一次看她把一本钢笔字帖放在书桌上练习书法，心中竟然有了几分莫名的激动。

可是，仅此而已，仅此而已。我依然是老师黑名单上的坏学生，依然没有一个朋友。

“喂！你的画还蛮特别的。”自习课上，她轻拍我的手臂，指着我在数学课本上的胡乱涂鸦笑着说。

“有什么特别的，垃圾。”我虎着脸看都没看她说。我的回应令她有些吃惊，她呆呆看我一眼然后不作声了。

她的到来让班里那些调皮的小男生找到了新的捉弄对象。下课铃声刚刚响过，她的座位周围立刻就围满了各色各样的男孩子。他们大喊大叫吵翻了天，而她红着脸低下头不去看他们。我看不过去，瞪着眼一挥拳将他们全部赶跑。

上课的时候，她偷偷递过来一张纸条：谢谢你！而那张纸条，让我的心又有了温暖的感觉。

从此，我开始装模作样地听课和写作业。只是因为基础太差，分数多数在60分以下徘徊。她把她记录的课堂笔记拿来给我看，并指着画有标记的地方说，这些题做会了考个及格分应该没问题。

果然，在她的帮助下我的成绩突飞猛进，月考的时候，竟然有两科突破了60分。拿到卷子的时候，我尽量克制自己不要露出洋洋自得的样子。江南却笑着对我低声说，你真是个天才，稍一努力成绩就上来了，真羡慕你。我冲她笑笑，露出感激的神情。

这时，她偷偷塞给我一个纸条。我打开看，上面写着：加油，你一定行！望着她明亮的眼睛，我心里有说不出的感动。

因为她的鼓励，那些苦涩艰难的学习也变得有了几分乐趣。我甚至放弃课间出去“放风”的机会，坐在座位上埋头苦读。第一个学期结束的时候，我竟然考进了班级前二十名的行列，这让所有任课老师都大跌眼镜。就这样，我由一个糟糕透顶的坏学生实现了华丽转身。升至初中三年级的时候，我的成绩几乎和她并驾齐驱，成了令人羡慕的好学生。

那段日子，我发现自己的人生重新有了意义，甚至感觉自己成了一个发光体，整日充满了能量。

初三下学期，每个人都在为中考拼命学习的时候，有一天，我却听到了江南离去的消息。班主任贾老师站在讲台前对大家说，因为江南父亲工作变动的缘故她已经转学离开了。那天，我坐在没有江南的教室里，在恍惚之中度过了我学业生涯中最为难熬的一天。

江南走的时候没有说一句告别的话。我唯一保存下来的是她留给我的两张纸条，一张写着：谢谢你！一张写着：加油，你一定行！

带着她的鼓励，我继续努力前行，之后进入重点中学并顺利考上大学。

江南成了我青春期里的一颗朱砂痣，让我刻骨铭心。青春期里那种懵懂的感觉真好，竟能激励一个失足少年重新站起不断前行。

可是我知道，那种美好的感觉并不是爱恋。而是，一个青春对另一个青春最美的祝福，就像一棵树望着另一棵树一起成长那样的美好。

第二辑　把信寄给未来

今天寄出的信，十年之后才能收到！发生这样的事情，并非大意，而是创意。当世界的邮件传递以刘翔的速度火拼时，一个逆向思维的邮递方式却出奇制胜，这就是慢递邮政带给我们的惊喜。

一根荧光棒的超能量

作家心语：有了创造的思想，才有了飞翔的翅膀。

科尔曼和施洛特是美国两个普通的邮递员，1987年的一天，两个人在送信途中，看到马路边有一个小男孩儿手里正拿着一个会发光的叫不上名字的玩具在玩耍。一时，两人甚感好奇，就停了下来观看。

原来，那是一个刚刚上市，拥有奇特魔力的时髦玩具——荧光棒。通透明亮的塑料棒体，在男孩子手中发出温和美丽的绿色荧光。随着孩子的手在空中不停地自由挥动，荧光棒在空中划出了一道道好看的绿色光线。两人看得入迷，就加入进来，和小男孩儿一起玩了起来。

这个东西还能做什么呢？玩耍中，一个奇怪的问题在两个人脑海中突然冒出来。

这时，他们看到小孩儿的手里正拿着一个棒棒糖，于是就随手把棒棒糖放在了荧光棒的顶端。忽然，他们发现，绿色的荧光正穿过半透明的棒棒糖，散发出美丽的光晕。

真是一种奇妙的现象！

眼前的情景，让科尔曼和施洛特倍感意外，大为惊叹。两个人觉得这很有意思，于是想：荧光棒和棒棒糖能不能做在一起卖呢？很快，做一根会发光的棒棒糖的念头，在两个人的脑海中形成。

自从有了这个念头后，两个人都激动不已。这真是一个奇特的想法——他们猜想，这个产品的市场前景一定很好。很快，他们就做出了样品，并为这个会发光的棒棒糖申请了专利。不久，他们随手把这个专利卖给了美国开普糖果公司，结果如他们所料，销路非常的好。

这突如其来的成功，让两人异常振奋，也让他们从中看到了棒棒糖本身隐藏着的巨大商机，于是，他们开始继续往下研究，看有没有更新的发明出现。在一个阳光灿烂的日子里，科尔曼和施洛特坐在一起，一边吃着棒棒糖，一边商讨着什么。很快，他们就发现了一个被别人忽略了很久的问题——棒棒糖吃起来很费劲，往往是糖还没有吃完，腮帮子就已经累酸了。

能不能让棒棒糖转起来呢？新的问题引发了两人的思考。不久，他们就有了一个新的想法——在棒棒糖的下面安装一个小马达，让棒棒糖转起来。这样一来，棒棒糖可以转着吃，既省劲又好玩，一举两得。

不久，会旋转的棒棒糖问世了。这个不起眼的小玩意儿，短短的几年时间里就卖出去6000万个，让科尔曼和施洛特一下子发了。

故事到此并没有结束，奇迹还在继续上演。

不久后的一天，开普糖果公司的领导人约翰·奥舍，来到一家大超市考察市场，很快，他也发现了一个问题。在超市里，约翰·奥舍看到了很多牌子的电动牙刷，但是，无一例外，那些电动牙刷的成本价格都在50多美元一把，很昂贵，所以销售量非常的少。这时，奥舍突然想到了那个旋转棒棒糖的技术——如果用那个技术来生产电动牙刷，成本只有5美元。

就这样，美国日用消费品市场上最畅销的旋转牙刷诞生了，而且后来比传统牙刷卖得还要好。

一根不起眼的小小荧光棒，竟然可以引发一连串的商业奇迹。真不可思议！

原来，只要一个人敢想、会想，奇迹就常常会在我们身边上演。

把信寄给未来

作家心语：生活就是一种创意。会生活的人，活在创意之中，改变生活。不会生活的人，被创意的生活改变。

2008年8月，在北京一家咨询公司工作的一个年轻人到云南丽江游玩，兴奋之余，在当地一家小邮局给她在北京的朋友邮寄了几张反映当地风景名胜的明信片。不曾想，自己从丽江旅游归来，朋友竟然还没有收到她邮寄的“礼物”，她禁不住有些失望和郁闷。一个月后，当大家几乎都将此事忘却的时候，明信片却不期而至。然而，令人意外的是，这份迟来的礼物却给大家带来了别样的惊喜。

在一个聚会上，当大家又谈起这件事情的时候，忽然觉得姗姗来迟的邮件给他们带来的是一种独特的体验，一份意外的欣喜和享受。当时，有几个朋友反复地看这张独特的东巴草纸明信片，回忆之余，不免调侃一下中国邮政的速度，“这哪是快递，分明是慢递嘛”。接着，就有人打趣说可以开一家商店，经营慢递业务，很快，这个提议就得到大家的热赞。

当大家都把这件事情作为笑谈的时候，没承想，人群中的一个叫刘伟的年轻人却认真起来，迅速行动。于是，不久，一家中国第

一、世界唯一的新公司——熊猫邮政慢递邮局诞生了。公司用熊猫做形象代言，凭借它那憨态可掬、诚实的形象打动顾客，表达信念。

2009年1月1日，“熊猫慢递邮局”在北京著名的798艺术区正式挂牌营业。

这家位于北京798艺术区中二街的邮局，坐落在一条安静的街道上。街道两旁全是高大茂盛的白杨树，一踏上去，就让你有种想放慢脚步的感觉。穿过这条满是白杨树的小街，你会在互相簇拥着的画廊、咖啡馆、书店中，突然发现这家亲切的小店。店前的青砖墙面上挂着一块绿色牌子，上面书写着：邮政慢递。店门前的电线杆子上面还高高挂着一个印有熊猫形象的圆形灯箱，很是吸引人。在店门前的空地上，树立着一块白板，介绍熊猫慢递邮局的业务内容。

在这里，你看不见传统邮局高高竖起的柜台橱窗，唯一提示人们这里与邮递有关的，是铺天盖地、配有各种有趣图案和文字的明信片。店中，放置着一个约一人高的绿色大邮筒。邮筒旁边摆放着各色贺卡，同时有白板提示熊猫慢递的几个步骤：挑选明信片，前台付款，写好祝福话语，然后就是交给前台投递。

来逛798的人，几乎都会来到这家熊猫慢递邮局看看，要的就是那份新奇。邮局里，人们时常会看到这样的情景：桌子旁，时常有人在很认真地翻着过去的老画报，表情深沉；而一些人，则以一种轻松的神态随意地翻着写满了信的小本，体会着各色人写信时的心情；当然，还有一些人，在沉思，在挥笔，在与未来的自己或朋友默默对话。

来此寄信的客户们，想法五花八门，有写给别人的，也有写给未来自己的。一对夫妇给尚未出生的孩子写了一段想说的话，希望这个邮件在孩子降生时收到；一位罹患癌症的台湾老人也给未出生的孙子寄了一张明信片，以提前表达自己将不能表达的爱意；还有一对即将结婚的夫妇，希望在2059年金婚纪念日得到慢递的贺卡，以给他们带来一份浓浓又浪漫的深情……而慢递目的地也是五花八门，有广西的南宁，有中国台北的信义街、中国香港的西贡，美国的堪萨斯，还有澳大利亚的阿德莱德。

在人们的想象中，这个胖嘟嘟的、腿有点短的熊猫邮递员，应该既不坐火车，也不坐飞机，它总是慢悠悠地骑着脚踏车从这片街区出发，周游全球，然后将信悄悄地传递到世界各地那些熟睡者的窗口，当你醒来，打开那封来自过去的信，心中究竟会生发出怎样的情绪呢？……不知不觉中，大家在慢递邮政的小天地中，走进了一个充满创意与梦想的童话世界中。

这间占地120平方米的小邮局，开张以来还经常进行各种创意展览，如小学穿过的校服、课程表、试卷，目的是让顾客看到这些东西勾起儿时的记忆，引起顾客的心理共鸣。此外，邮局创意团队还设计出“好好吃饭，天天睡觉”、“好老公证书”等明信片的创意标语，以启发那些刚到邮局却又不知写什么的人。

小店开张后，获得了巨大的成功，至今已经受理代发邮件超万封，最火的时候，一天来信100多封。它的吸引力，全来自其颇有创意的“慢递”概念。从这里寄出的信，是寄向未来的信。每一封信都意味着一份美丽的梦想，或者一份有力的承诺。只要填上详细的地址，并在公司自制的邮戳上写明信要寄达的未来的日期，这封信就会在数个月、数年甚至数十年后的某一天，出现在收信人的信箱中。而投递的时间全由寄信人自己决定。

给未来寄信，为的就是那份不期而遇的曾经，那份心中的久久期盼，那份充满浪漫式的美丽幻想，那份轻轻的美好的约定……

“没有人知道未来什么样子，那么就在这里，给未来的自己写一封信吧。”这就是他们的口号。

或许，熊猫慢递邮局是在提醒我们，生活是要来慢慢品味的，而未来的美好，需要现在倍加珍惜、呵护与努力。在这里，你不用害怕时光的匆匆流逝，也不用担忧生命会过早衰老失色。你只需带着期盼与幻想，展望未来。如果将生命视为一趟旅程，那么每一天都是值得期待与享受的。其实，当我们选择让亲友或自己等待一封未来将至的信的时候，就是在有意识地放慢脚步，感受时间的传递与寄托。

今天寄出的信，十年之后才能收到！发生这样的事情，并非大意，而是创意。

当世界的邮件传递以刘翔的速度火拼时，一个逆向思维的邮递方式却出奇制胜，这就是慢递邮政带给我们的惊喜。

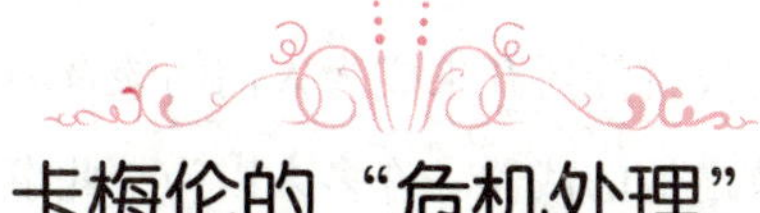

卡梅伦的“危机处理”

作家心语：不惊慌，不气馁。在万千纷扰面前，用智慧坦然相对，这就是智者。

英国大选在即，保守党领袖大卫·卡梅伦四处演讲拉选票。2010年4月20日这天，一名身穿“公鸡装”的新闻记者一直在他的竞选拉票活动现场紧跟其后，穷追不舍，向他提问，望着记者搞怪的着装，卡梅伦避而不答，反而大笑起来，称，他终于搞明白了一个“千古难题”：是鸡生蛋在先，而非蛋生鸡。

卡梅伦的这一表现让媒体极为恼火。不久，就有媒体以此批评卡梅伦，说他是在故意逃避回答“棘手”的问题。面对媒体的批评，卡梅伦一笑了之，很快就将这件小事忘在脑后。

令人意想不到的是，一件微不足道、不足挂齿的小事，竟然会造成极为恶劣的政治影响。

第二日，卡梅伦满怀信心地来到英格兰西南部一家学院继续为他的竞选拉选票。当他在一间教室演讲结束后，心满意足地匆匆离开时，一名年仅16岁穿着灰色连帽衣的男青年，在他背后，乘机用一枚生鸡蛋突然向他掷去，正中他的肩膀。一时，蛋花四溅，弄脏了他的白衬衣。卡梅伦异常尴尬，狼狈逃走。

这件事情，很快就传播开来成为人们的谈资和笑料，也将会成为竞争对手拿来攻击他的武器。许多人以为，此事一定会搞得卡梅伦狼狈不堪，不知所措。没想到，事后，他的心情竟然出奇地好。随后，他在英格兰西南部城市的码头散步时，仍然不忘说俏皮话。他说要在“吃完第一颗鸡蛋后吃第一支雪糕”。果然不久，人们就看见这个阳光帅气、满脸堆笑的保守党领袖，手拿一支桶装雪糕，高兴地大吃起来。那吃的样子十分滑稽可笑，样子学足了当年在美国宾州参加总统竞选活动之余大吃雪糕的奥巴马。这个情景被曝光后，一下子把人们从令人尴尬恼火的政治事件中拉出来，一笑释然。人们对他的“危机处理”禁不住大加赞赏起来。

后来，英国媒体对此事评论时，一致认为：卡梅伦对扔蛋事件“反应迟钝”，与工党议员约翰·普雷斯考特遭遇蛋袭后马上以拳头回击的“快速反应”截然不同。尽管“意外”为当时的大选带来了阴霾，但后来的民意调查显示，卡梅伦的支持率并未因此受到影响，反而让他更受民众的欢迎。

2010年5月11日，卡梅伦在大选中胜出，当选英国新一任首相。而他之前经历的那件“中蛋”事件，以及他在事件做出的机智表现，开始被英国广大民众和外国媒体津津乐道。如果犯错，记得幽默。以幽默的方式化解危机，在轻松愉悦的氛围里反败为胜，不失为一种为人处世的大智慧。

汪涵的快乐秘诀

作家心语：人生就是一场储蓄。亲情是人生一笔无价的储蓄，友情是人生一笔受益匪浅的储蓄，爱情是一种幸福而艰苦的储蓄，而学识的储蓄需要勤奋不辍日积月累。人生需要储蓄的东西很多。储蓄人生，就是要储蓄人生中那些最宝贵、最精致的部分，储蓄一切至真至善至美。一个人懂得储蓄什么，并知道怎样去储蓄，实在是一种智慧与幸运。储蓄勤奋，收获成功；储蓄友情，收获帮助；储蓄爱心，收获快乐。

有“策神”之称的湖南卫视著名主持人汪涵，一贯以幽默诙谐、娱乐搞笑的主持风格驰骋主持界。他的节目，快乐无比，充满了难以抗拒的魅力。从早期主持的“玫瑰之约”，到后来的“越策越开心”、“名声大震”，直到现在的“天天向上”，他的节目一直都受到全国广大电视观众的热情追捧。他也因此以超高的人气，一跃成为全国炙手可热的“金牌主持人”。

对于汪涵的成功，许多人都认为是性格使然，快乐的天性是他成功的法宝——只有快乐的人才可以做出快乐的节目，只有自己先快乐起来，才可以引领大家都快乐起来。

后来，就有朋友好奇地问他，你每天为什么都会这么开心，有什么快乐的秘诀吗？他笑了笑说，其实我和大家一样，也有不快乐的时候，不过我有办法让自己很快就快乐起来。

朋友好奇地追问，是什么办法？

他说，把快乐珍藏起来，到不开心的时候再取出来。

朋友一时被他说得一头雾水。他赶忙举例解释：比如，有一天，我到画廊里，发现有一幅画不错，买下来。可我不会立刻取回家，而是先存放在画廊里。哪天不高兴了，我就开始想自己还有什么好事情……对呀！不是有幅画还在画廊里吗？然后，我就高高兴兴去取。那一整天，我都会快乐无比。

汪涵的这个办法令朋友很是惊奇。不过朋友很快就赞叹起来——这的确是个好点子。

从汪涵身上我们可以看出，快乐不仅是一种性格，快乐还需要一种智慧——一种寻找的意识和不断获得快乐的能力。其实，每个人都有不快乐的时候，智慧的人不会沉浸其中，而是积极去寻找，重新从自己的生活中找到新的快乐。

有位哲人说过，所谓的幸福，其实就是每天一点一滴快乐的积累。珍藏一些快乐给自己，其实就是在为自己的未来储蓄幸福。

贩卖真诚

作家心语：真诚的心最容易打动人，你不需要华丽的语言，也不需要去费尽心机的经营，只要你拥有一颗真实的诚恳的心就行。在真诚面前，智慧会为你让路，财富会为你让路，权势会为你让路。

2008年12月的一天，一个北京女孩儿，为了发泄心中的郁闷，在网上发帖："活着真没意思……我想换一种生活方式，你们来安排我的今后生活吧……"

虽然是一时兴起，突发奇想，但她还是真诚地留下了自己的QQ、邮箱、手机号码，并上传了自己的身份证照片。

本以为只是发泄一下郁闷的心情，让她意想不到的是，她的帖一经张贴出，反响强烈，很快就引起了许多网友的关注，网友回帖，安排她去完成一个个任务。她接的第一个任务是做一个胜利的表情，然后拍照发到网上。也许网友只是想逗她开心吧，可她果真那样做了。之后，她又按照网友的安排，早上去天安门拍升国旗，去北大、清华门口拍两张照片，到一家过桥米线店吃一餐……

每一次任务，她都看作是一份工作，极为认真地去完成。她的真诚打动了很多网友，有网友就建议她开一家网店——出售自己的时间。慎重思考后，她认为是个不错的主意，采纳了。

之后不久，她在淘宝网上的“剩余人生店”开业了。网店首页，她贴上自家小店的开店宗旨——安排我的生活是你们的权利，为你们服务是我的义务。她把自己的时间明码标价，进行出售：8分钟8元，1小时20元，1天100元。付费之后，顾客可按需要让店主为自己做事，但违法的业务不接。

开业之后，许多网友拍下了她的时间，任务也是花样百出：让她替自己接人、送咖啡、过生日、买车票、陪同到医院输液……五花八门，什么奇特的业务都有，她都按照他们的安排支配自己的时间。

一时，小店可谓人头攒动，生意兴隆，短短一个月，信誉已达四星级，有900多人收藏，顾客一律给予好评。

因为出售时间，她最多的时候一天竟然赚了2000多元。她不仅从中重新找到了快乐，还赚取了财富。

这是一个真实的故事，故事中，女孩儿的名字叫陈潇，北京人。

其实，陈潇的这家创意网店，开店之初，曾经遭到许多人的质疑，甚至被人怀疑存在欺诈行为，可后来它逐渐赢得了人们的认可。

为什么能赢得人们的认可呢？

陈潇的成功，在许多人看来是缘自她独特的创意——出售自己的时间。然而，还是有人给予了否定——为别人跑腿做事的公司早已遍及天下，家政服务不就是吗，河南还有个“说曹操曹操就到”的专业跑腿公司呢。陈潇在贩卖自己的时间，其实我们每一个在社会工作的人何尝不是在贩卖自己的时间？

一个网友道破了天机，他评价陈潇的行为时，这样说：即使是一场秀，也是一场温暖人心的真人秀。

是呀，她的成功内在原因来源于她的“诚意”。她贩卖的不仅仅是自己的时间，更重要的是，她贩卖的是自己的真诚。一份坦荡赤诚之心，会有谁愿意拒绝呢？

如今的社会，出售商品的何其多，可出售自己的诚意的又有几个？

贩卖一件商品给顾客，别忘了附加上自己的真诚一并出售。

归结到整个人生，何尝不是这样子？我们的时间就是我们的商品，这些时间，我们出售给自己，出售给我们的亲人、朋友，出售给社会，我们有没有加上我们的真诚一并出售呢？

藏在沙发缝里的亿万财富

作家心语：青春是一次寻找自己的过程。这个过程中，你寻找机会，寻找信心，在平凡的生活里寻找你内心需要的那份可能。

1989年，在美国斯坦福大学读书的默巴克，还是一个一文不名、穷困潦倒的大学生。他学业优异，但常常会为没有着落的生活而苦恼奔波。默巴克的父母都是蓝领小职员，收入微薄，家里养的孩子又多，所以不能给默巴克以经济上的支持。

为了减轻父母的负担，从走进大学校门的那一天起，默巴克就开始了勤工俭学的生活。起初，他靠帮助学校收发信件报纸、修剪草坪、打扫卫生等简单的校内劳动，获得一些微薄的经济收入。不久，默巴克发现学生公寓的卫生状况总是十分糟糕，就去找负责学生公寓的校方负责人，商谈自己利用闲暇时间承包打扫学生公寓的事宜。默巴克向校方说明现状，说如此糟糕的卫生是因为学生们在打扫时要么敷衍塞责、草草了事，要么推三阻四寻找借口逃避劳动，如果学校请清洁工打扫的话，学生们会不放心，况且清洁工又总是把公寓里的东西弄得颠三倒四，不如把打扫学生公寓的业务承包给他吧。他的一番话，深深打动了校方，最终校方同意了他的请求。

第一次打扫学生公寓，默巴克就格外认真。他把公寓里的每个角落都认真清理一番。这时，他在墙脚、沙发缝、学生床铺下清扫出来许多沾满灰尘的硬币。默巴克把这些1美分、2美分、5美分的硬币一一清洗干净，然后高兴地归还给同学们。可同学们并没有表现出丝毫的热情与感激之情，他们总是懒洋洋又不屑一顾地说，这些硬币是他们故意扔掉的。的确，这些装在口袋里哗哗作响，又买不来多少东西的小玩意儿，放在身上实在碍事儿。学生们的“阔绰”表现，让默巴克这个穷学生异常震惊。在同学们的注视下，他将一枚枚硬币收集起来，揣在怀里，一个月后，他将清理出来的硬币数了一下，竟然有500美元之多。

这件寻常的小事，让默巴克喜出望外又极为不安。带着种种疑惑，默巴克开始致信财政部和国家银行——反映小额硬币被人白白扔掉的现象。

默巴克满以为会引起政府的重视，可他得到的回应却是深深的无奈的叹息。财政部在给他的回信中，告诉他一个更加令人痛心的事实：国家每年有310亿美元在全国市场上流通，但其中有105亿美元被人扔在墙脚和沙发缝中睡大觉。

105亿美元，这是一个多么庞大的数字呀！默巴克震惊之余，开始收集有关硬币的资料。从资料中，他又得知，硬币的寿命长达30年，这期间流通的市值约为2559亿美元，其中仅以美分计价的钱币币值就达到1741亿美元。如此之多的硬币，多半被散落在各家的沙发缝、地毯下、抽屉角落里、汽车坐垫下。

这时，他在脑海里闪现出一个惊人的念头。他发现了一个天大的发财的机会，而这个机会就悄悄藏在沙发缝里，一躺多年。

如果能有效督促这些硬币不再躲在角落里睡大觉，而让它们滚动起来，这里面的利润将是多么的可观啊！默巴克开始着手准备起来。

1991年，从斯坦福大学毕业的默巴克创立了自己的公司——硬币之星公司。他订制了大量的自动换币机，然后又一家一家叩开超市的大门。他们公司的业务很简单，只要顾客将手中的硬币倒进机器，机器会自动点数，最后打印出一张收条，写出硬币的价值，顾客凭收条到超市服务台领取现金。自动换币机收取约9%的手续费，所得利润公司与超市按比例分成。

默巴克的“硬币之星”一开业便大获成功，仅仅5年，便在全美8900家主要超市连锁店设立了10800个自动换币机，并成为纳斯达克的上市公司。短短几年，默巴克从一文不名的穷学生，一转身，成为令人瞩目的亿万富翁，被人们称为“一分硬币垒起来的富翁”。

许多人都对默巴克的成功羡慕不已，殊不知，成就默巴克财富梦想的，不过是几枚藏在沙发缝里的硬币而已。

武岩纸贵

作家心语：轻易得到的东西，往往不加珍惜，对学习机会也一样，往往待到失去的时候，才捶胸顿足，后悔不已。“惜时”不仅是指珍惜时间，还指珍惜难得的机遇。

少年酷爱书法，自幼练习，到了十四五岁的时候，书法水平就已能达到为他人撰写碑文了。为提高书艺，少年决定拜访名师。母亲很快就在城外一个深山的古庙里访得一位世外高人。母亲回来告诉他，此人，须发已白，然而精神矍铄，神采飞扬，气度不凡，书艺更是卓尔不群。少年一颗求知若渴的心就跟随母亲的描绘飞向了远方。

少年决定亲自去拜访大师，带上自己的作品，在母亲的叮咛声中，独自上路了。

一路跋涉，在深山古庙里，他终于见到了传说中的老人——武岩法师。

他向法师问好，简单说明来意，又将自己的作品送给法师看。

法师只瞟了一眼，就将他的作品推到一边，毫不客气地说：“你还不会写字，回去吧。好好练练再来。”少年听后泪水几乎就要涌出来。他那颗孤傲的心一下子就破碎了。

虽然有些伤心和失落，但少年很快就振奋了精神——这件事情更激发了他拜师学艺的强烈决心。于是，他恳求法师再考虑考虑。

老法师思忖了一下，终于松口了："你要拜我为师，可以。不过，有一个条件。"

"什么条件？"少年急切地问。

"你到我这儿学字，笔墨我来供应，不过，纸钱由你来出。"老法师顿了一下，进一步解释说："你的纸张不行，写字要用好纸，用宣纸。"

少年高兴地点点头，心想，不过一毛二一张的宣纸，咬咬牙，家里还是供得起的。正在他得意的时候，老法师似乎看透了他的心思，又说话了："一毛二的纸张不行，你就用我的吧。我的宣纸好，五块钱一张。每次来，记住带钱来。"

法师的话把少年惊得张口结舌说不出话来。少年在心里默默琢磨，两块钱一袋面粉，五块钱就是我们家两个月的生活费呀！

回去的路上，一路，少年都忐忑不安，异常矛盾——如果就此放弃，他就错过了一次绝好的学习机会；可是，学下去，家里怎么能够承受得起这么高的学费呢？这样的学习代价实在是太大了。

夜里，少年和母亲核计一宿终于想出一个折中的办法——只去两次，摸摸窍门儿，毕竟老和尚轻易不收徒。

不久后的一天，少年拿到了家里省吃俭用积攒下来的五元钱就又上路了。一路上，少年都在盘算着如何将老和尚的手艺学到手。

到了古庙，老法师收了钱后就开始教学。老法师说，今天，我们只学一个字。看好了，我只写一遍，不写第二遍。于是，少年聚精会神地看着，生怕遗漏任何一个重要的细节。只见老法师轻轻蘸笔，缓缓落下，眨眼的工夫，一个端庄秀美的汉字就跃然纸上。

写完后，老法师起身从书架上取出一张纸，对折成六等份，裁开，取出一张，交给少年，说，去那边练吧。

少年接过纸张大呼上当——这张宣纸和外面一毛二的也没什么两样，而且还只是它的六分之一。少年有气，嘴上却不敢说，只得老老实实地坐在一旁写。

但，此后，少年才发觉，刚才观看老法师写字的时间是那么的短暂。他握笔许久，手心都沁出了汗，横比画竖比画，就是没敢落笔——这一落笔，五块钱可就没了。过了一会儿，老法师走过来看他，发现还没有写，就骂他，你母亲让你来写字，你怎么不写呀？今天的授课时间到了。叫你写，你不写。告诉你，只能在这儿写，回家可不许写呀！

你说不许写，我就不写了！少年飞奔往家赶，一路上都在回想老师写字时的样子，思索老师写字的要诀。

少年跨门一到家，就抑制不住激动的心情，找来纸笔开始写。一落笔，立刻惊住——这是怎么回事儿？怎么和老和尚写得一模一样？端详半天，又觉得这一笔那一笔又都不像了。为了验证自己的想法，他又开始盼望着下一次学习时间的早点到来。

第二次再去的时候，少年已经顾不上五块钱学费是怎样来的。飞奔而去，一到古庙，他就迫不及待地让老法师再写一次，对照着验证自己的想法。当法师把字写出来后，记忆中迷惘的地方，一下子豁然开朗了。当少年等一切了然于胸后，再轻轻落笔时，一个端庄有力的字跃然纸上，少年兴奋得忙拿去让法师看。

少年被法师的教学方法彻底征服了，他决定跟随法师学习书法。

虽然，每次都是五块钱的学费，但少年再也不想这个问题了。一晃半年过去后，少年从老法师那里学习了篆、隶、楷、行、方、圆、正、侧各种笔法，还尽览了中国书法的各种风格流派及其笔法奥妙，最后，老法师把他叫到身边，说："你学书已成，下山吧。"少年下山后，老法师便飘然离去，云游四海了。

后来，少年是从母亲口中得知所有真相的，原来第一次交的五块钱学费，第二天就被法师偷偷送了回来，半年时间，老法师根本没有收一分钱，只是那五块钱在三个人手中辗转往复着。

文中的那位少年，多年以后成为了一位书法大家，他就是当代大书法家欧阳中石。

功成名就之后的欧阳中石，回首往事，不无感慨地说："我的这位老师，不但书法好，而且懂得教学法——轻易得到的东西，人们往往不珍惜，对学习机会也一样。"他说正是武岩法师的五块钱"学费"，给他施加了压力，激发他的学习热情，才使他学起东西来很快。这使他一生受益无穷，他一辈子都感激他。

原来成就了一代书法巨匠的，只不过是一个"惜"字而已。

寻找拯救奥运的人

作家心语：敢于打破僵局，才会创造新的格局。

1978年10月，美国洛杉矶获得了第23届夏季奥运会的承办权。当这个消息传递到洛杉矶的时候，迎接它的不是热烈的欢呼声，而是一片愤怒的反对声。因为这个消息，整个城市陷入了一片前所未有的恐慌之中。人们担忧，洛杉矶将会成为第二个“蒙特利尔”。

人们的担忧不无道理。1972年，慕尼黑奥运会，花费10亿美元，超预算10倍。1976年，蒙特利尔奥运会，耗费20亿美元，市政府濒临破产，整个城市欠下外债十几亿美元，至今还没有还完。刚刚结束的蒙特利尔奥运会的阴影，还笼罩在人们心头。后来，1980年的莫斯科奥运会更是验证了人们的预言，那届奥运会同样是难逃厄运，投进90多亿美元的空前巨资，最后却分文未赚。

申办第23届奥运会时，参加申办的城市纷纷退出，洛杉矶成了最后唯一的申办城市胜出。洛杉矶对这次奥运会没有一点信心，举棋不定，在国际奥委会主席萨马兰奇的一番游说下才最终应承下来。

当洛杉矶接过这个烫手的“山芋”后，更是无所适从，在市民一片声讨声中，市政府不敢贸然行动。后来有人提议，能不能由私人组织这次奥运会。当洛杉矶把这个有违《奥林匹克宪章》的建议送到国际奥委会后，最终还是被默认了。

私人或私人组织能够承办奥运会，使洛杉矶松了一口气，可更大的困难接踵而来——有谁愿意又有能力把这个烫手的“山芋”接过来呢？这个人必须能够建立一套全新的运行机制，让奥运会在新的机制中健康运行。可能满足这个条件的人又在哪里呢？

一时间，整个美国都在寻找这个人——这事关乎洛杉矶奥运会能否成功举办，而更为重要的是，这关系到奥运会的命运，一旦洛杉矶也失败了，奥运会将会在洛杉矶，在1984年，永远地画上句号。其实不光美国人在找，全世界都在寻找这个人。

一天，一个猎头公司里一名叫卡科斯菲利的人打电话过来，提供了一个名单，这个人名字叫比得·尤伯罗斯，可人们对此人却一无所知。后来，在他的背景资料里，大家才初步了解他——比得·尤伯罗斯，热爱体育，有运动背景，曾是一名水球运动员，白手起家，41岁时就拥有了美国排名第二大的旅游公司，年赢利3亿美元。

寻找委员会看中的并不是尤伯罗斯的商业背景，而是他白手起家创造一番伟业的杰出能力，一致认为他就是不二人选。可当猎头公司的人找到尤伯罗斯时，听到的却是满口的“不”。尤伯罗斯不无遗憾地说，我要为公司员工的前途考虑。无奈之下，他们找到了尤伯罗斯的妻子，企图通过她说服尤伯罗斯。后来，尤伯罗斯的妻子说了这样一句话，最终彻底改变了尤伯罗斯的主意。她对他说，任何挑战，对于你来说，在经济方面，你已经没有太大的欲望了，为何不在别的，如体育，为全世界的运动员做些事情呢？而这个机会，现在，全世界，只有你一个人拥有。妻子的话打动了尤伯罗斯，考虑再三，他最终答应下来。9个月后，他卖掉了自己的公司，成为洛杉矶奥组委中最重要的一员。

事后证明，洛杉矶选择尤伯罗斯是完全正确的，那届奥运会不仅没有落下沉重的债务，还破天荒地赢利2.5亿美元。他成功地将商业运营的理念引入了奥运会，使奥运会焕发出前所未有的生机，第23届洛杉矶奥运会成为当时奥运史上参加国家和运动员人数最多的一届，尤为重要的是，他将奥运事业和经济利益完美地融为一体，开创了奥运新纪元。后来，他被人们尊称为“商业奥运之父”。

我是一个最好的“证据”

作家心语：没有什么可以否定你，只有你自己。没有什么能够证明你，只有你自己。

2010年9月，《历史的狼性征服——大唐开国的政治真相》一书的简介开始出现在各大网站上，一时读者趋之若鹜。吸引人眼球的不仅仅是书中的内容，还有这本书背后有趣的故事。原来，写作这本书的作者，是一个叫胡万宝的90后在读大学生。出人意料的是，这样一本专业性极强的著作，作者竟然不是历史专业科班出身的——胡万宝是西昌学院艺术系08级音乐教育专业的学生，而且，作者写作的初衷也别具一格，仅仅是为了证明自己以及90后不是脑残一族。

1990年出生的胡万宝是个典型的“90后”，父母是四川省达州市大竹县石子镇当地小有名气的商人。在优越的家境中成长起来的胡万宝，和所有90后一样，思想新潮，个性十足，而对他成长影响最大的是他的大舅谢成泉。谢成泉是县党校的一名讲师，一生酷爱读书，尤其对历史和文学兴趣甚浓。上初中时，胡万宝经常跑到舅舅的书房翻看《资治通鉴》、《通鉴纪事本末》等历史名著，不知不觉中，喜欢上了历史。由于偏爱历史，他把大量的时间都花在了看书上。看书时间一长，胡万宝也开始动手写一些文章，有的还在报刊上发表了。

2005年，胡万宝在大竹石河中学就读高中期间，由于沉迷于文学创作，一度非常偏科，除了语文，好几门课程成绩都不是很理想。当大家都在为考大学玩命学习时，他却无动于衷。课堂上，他常偷偷拿一本课外书贪婪地读，就连课后也沉迷其中，无法自拔。对于胡万宝出格的表现，周围的同学和老师都嗤之以鼻，用异样的眼光看他。大家的态度对胡万宝刺激很大，他感觉自己仿佛被整个社会抛弃了一样，内心非常苦闷、迷惑和无助。他不知道自己这样下去会不会自毁前程，更不知道自己该往哪里走。

2008年秋，胡万宝另辟蹊径以一名特长生的身份考入了四川西昌学院音乐教育专业，开始了他的大学生活。进入大学后，他感觉自己终于“自由了”，花在看书上的时间更多了。为了满足自己的兴趣爱好，他经常泡在学校的图书馆里查找历史方面的书籍，然后借回去慢慢品味。此外，为了锻炼自己，他还担任了班长、学生会干部，同时还牵头创办了从事公益活动的学生社团“大学生青年志愿者协会”。

正在他踌躇满志的时候，“90后脑残论”在社会上大行其道，“大学生同居”、“大学生二奶”等负面报道在一些网络媒体上层出不穷。尤其是“90后脑残论”，深深刺痛了胡万宝的心，让胡万宝极为愤慨。他开始向社会大声呐喊：“我们90后不是脑残一代，我更不是脑残一族。”可有谁能认可他的言论呢?

为了证明自己不是脑残，胡万宝决定写一本“像模像样”的书。这时，他这个“历史迷”已经积累了非常深厚的历史知识，

《资治通鉴》、《通鉴纪事本末》等历史名著被他烂熟于心，而他所看的历史书籍也多达成百上千册。为了写好这本书，他辞掉了担任的职务，全身心投入到了创作中。2009年寒假，胡万宝独自一人留在学校，看书，写作，正式开始了他的写书生活。两个月后，他终于完成了21万字的《历史的狼性征服——大唐开国的政治真相》一书的创作。

2010年3月中旬，该书被列入了西安交大出版社的出版计划，首印10万册，金秋10月在成都首发。

胡万宝用自己的实际行动向荒谬的“90后脑残论”开炮，同时也用自己成功的事实向人们昭示这样一个毋庸置疑的真理：90后同80后、70后一样，也是朝气蓬勃、欣欣向荣的一代——他就是一个最好的“证据”。

胡适的那些趣事儿

作家心语：生活从不缺乏趣味，只是缺少趣味的人。

一夜牢狱考功名

国学大师、文化巨子胡适，早年在上海求学时，曾有过一段放荡不羁的生活。

那时，胡适正在中国公学学校求学，因为生活寂寞无聊，就时常与一些不求上进的朋友一起陷入轻度的放荡之中。他们饮酒、赌博，彻夜的打牌玩乐，也时常会光顾灯红酒绿的妓院。

终于有一次，在一个落雨纷纷的傍晚，在狂饮酩酊大醉之后回家的路上，他与警察撕扯打斗起来。当晚就被抓进监狱，蹲了一夜。

第二天出去后，面对镜子里那张青肿的脸，打量半天过后，他忽然想起了李白的名句——天生我材必有用，顿时懊悔不已。后来，他决定改过自新，就关起门来开始发愤读书。功夫不负有心人，几个月之后，他幸运地考取当年庚子赔款奖学金留学，来到大洋彼岸的美国，人生从此揭开了崭新的一页。

一篇文章赢盛名

在美国留学期间，胡适就读于美国康奈尔大学。作为一名庚子赔款生，他每月都要从华盛顿的中国公使馆领取一笔生活津贴。这笔生活津贴常常装在一个信封里。

有趣的是，负责邮寄津贴支票的公使馆秘书，是一位性情严肃的中国基督徒。每次他都在信封内塞进一些简短的道德宣传单和激励人上进的箴言。例如，“不满25岁不娶妻”、“多种树——种树有益”之类。每次看过，胡适总是一笑了之。

有一次，胡适又到中国公使馆领取生活津贴。信封里的纸条，宣传的是劝说人支持用拉丁文字体做民众教育手段。看后他有些愤慨，就寄出一篇言辞激烈的反驳信。后来，当他重新想到此事时，忽然又认识到，这是一个很有价值的问题，由此他想到中国语言的文言与白话之分的现状。

为此，他写出《文学改良刍议》一文，提出反对文言文，主张文学革命。他一稿两投，一篇发表在他自己主编的《留美学生季报》上，副本寄回国内的《新青年》。

出人意料的是，先期发出的原稿竟无人理睬，而后来发表的副本竟一纸风行，全国流传。1917年发表在《新青年》上的《文学改良刍议》一文，开文学革命之先河，新文化运动由此开始。一介小事促成一篇文章，而这篇文章为他赢得了一世盛名。

名人本色是书生

胡适回国后，经常到大学里去讲演。有一次，在某大学讲演中，他引用孔子、孟子、孙中山先生的话来说明自己的思想观点。

为了方便，也是为了省些力气，他就在黑板上写：“孔说”，“孟说”，“孙说”。这些做法，当时并无人提出质疑。

最后，当他发表自己的意见时，竟然莫名地引发全教室学生哄堂大笑不止。一时，被笑得一头雾水，不知所以然。回头一看黑板，方才醒悟。

原来他写的是：“胡说”。

胡适在美国做驻美大使时，也有一件趣事被传为笑谈。

那时是珍珠港事变前夕，北平图书馆有数百部善本书托美国国会图书馆代为保存。

当书籍被运到华盛顿后，美国极为重视，认为这是件文化大事。所以，美国国务院和美国国会图书馆馆长努索·埃文斯特请胡适前往察看并派大员陪同。

胡大使准时赴约。该批书籍在国会图书馆准时开箱，查验，入库。

岂料，此公一进书库，便再也没有出来。美方派人去查看，发现他席地而坐，正旁若无人地看书。

一个多小时就这样过去了，那些陪他前来的大员和图书馆馆长不得不在黝黑的书库走廊中大踱方步，焦急等待，而胡适却对此浑然不觉。

后来，过足书瘾后，胡适才从里面出来。从书堆里提着上衣笑嘻嘻地出来后的他，又开始和这批与“善本”无缘的要员们大谈其“善本”经纬，众人无不摇头苦笑。众人此时方知，此公原来是个“书迷”，见了书，自然忘乎所以。

这件事，在外交圈子里传为笑谈。但胡适我行我素于不自觉之中，是真名士自风流，此后，别人也认为他是位“学者大使”，由此他的怪行反被传为佳话。

笑待人生真风流

胡适是一个留学的“洋博士”，而他的夫人江冬秀却是一个地地道道的村姑，而且还是一位缠了脚的没文化的村姑。就是这样一位村姑，作了胡适一辈子的夫人，伴着胡适北上南下，去台湾，到美国，而且还让胡适落了个惧内的名声。

所以人们就习惯把他的小脚太太和他的博士头衔放在一起，开他的玩笑。而胡适为此并不介意，反而常以此津津乐道。

胡适是属兔子的，而他的夫人江冬秀是属老虎的，于是，胡适常拿此开玩笑说：“兔子怕老虎。”

有一次，法国巴黎的朋友寄给他十几枚法国的古铜币，看到钱币上有“PTT”三个字母，读起来谐音正巧为“怕太太”。胡适就与几个怕太太的朋友开玩笑说：“如果成立一个‘怕太太协会’，这些铜币正好用来做会员的证章。”

有一天晚上，胡颂平在胡适的办公室工作特别晚还没有回去，胡适让他回去休息，并打趣道：“你不怕你的太太会骂你吗？这样，我的PTT证章不能送给你了。你没有这个资格。”

1958年，时任台湾中央研究院院长的胡适，出席一次庆祝宴会时，接着收藏这个话题即兴演讲。缘由是，任驻美国大使时，曾有记者报道，说他是个收藏家，一是收藏洋火盒，二是收藏荣誉学位。

胡适说，他真正的收藏不在火柴盒和荣誉学位——他在大使任内收集的火柴盒有五千多个，都留在了大使馆内。而他三十多个荣誉学位，都是人家送的，不能算他的收藏。他真正的收藏其实是全世界各国怕老婆的故事。

“这个没有人知道。这个很有用，的确可以说是我极丰富的收藏。世界各种怕老婆的故事，我都收藏了。”

胡适发现，有三个国家是没有怕老婆的故事的——德国、日本、俄国。而意大利倒有很多怕老婆的故事，“我预料意大利会跳出轴心国，不到四个月，意大利真的跳出来了。”

大家都安静地听胡适讲，胡适话锋一转说，现在就这个收藏能得出一个结论：凡是有怕老婆故事的国家都是自由民主的国家；反之，凡是没有怕老婆故事的国家，都是独裁的或极权的国家。

由此，让我们看到的是一个有血有肉、有温度、有呼吸，鲜活而真实的胡适。

他不营造自我神话，也拒绝被神话。胡适和我们一样，是一个凡人，只不过，他的言谈举止都传达出丰富的文化信息，他是一个学识渊博的PTT会员，这一点真的无人能及。

机遇藏在困境里

作家心语：困境中，不仅要看到危机，还要发现走出危机的机遇。

2006年，在北京做白领工作的高钰环，一次偶然机会，发现了一个“天大”的秘密：在北京的超市里，一枚小小的土鸡蛋竟然能够卖到几块钱。她自然而然想到了自己的家乡湖南省郴州市永兴县，那里拥有着享誉全国的特有珍禽——四黄鸡，如果回去创业搞养殖，岂不是大有发展前途。

自从有了这个想法后，高钰环再也无法安心工作了。发现机遇的她，心中的创业梦开始不断升腾，回老家创业的欲望愈加强烈。为了圆梦，很快，她就下定决心辞去了令人羡慕的白领工作。可农村的父母怎么会愿意呢？上大学不就是为了走出农村吗？可是，她心意已决。带着创业的满怀激情与打工积攒下来的为数不多的一些钱，不顾父母亲友的强烈反对，她毅然决然返回了家乡。

回乡创业的高钰环令许多乡亲都不解，父母亲友更是无法接受。但高钰环有自己的办法，经过一番苦口婆心的解释，父母终于答应支持她创业。在父母的支持下，很快，她用5万元资金建起了一个规模不大的鸡园子，又买来了300只鸡雏就开始了她的创业之旅。

起初，事业异常顺利，短短几个月后，她养殖场里的四黄鸡就发展到了几千只。养殖场里一片欣欣向荣景象，初步算来收益相当可观。于是，初尝成功甜果的她，决定扩大养殖规模。

2007年，高钰环鼓起勇气通过银行贷款和亲戚朋友借款，筹措了30万元，把四黄鸡的养殖规模发展到了上万只。这时的她，对未来充满信心。随着时间的流逝，望着鸡舍里渐渐长大的四黄鸡，高钰环满心欢喜，只等着坐享其成、富甲一方了。

2008年初，一场暴风雪席卷了大半个中国，湖南省成为雪灾的一个重灾区。漫天大雪，昼夜不停没完没了地下，仿佛要把整个世界都覆盖住。这下可急坏了高钰环，望着鸡舍里颤颤发抖的小鸡，她一筹莫展。可天来横祸，她能有什么办法呢？连续几天的鹅毛大雪，压塌了高钰环养殖场的鸡棚，上万只鸡短短几天几乎全部毙命。留给高钰环的只有30万元的巨额债务和一地鸡毛。望着堆积如山的死鸡和乱蓬蓬的一地鸡毛，高钰环欲哭无泪，人生第一次体会到了什么叫作绝望。

这个打击实在太大了。刚刚创业就遭重创的高钰环，一下子沉默了。大雪过后，她整日待在家里，一声不吭，也从不与别人交流，仿佛一下子患了失语症。她把自己封闭在一个人的世界里，每天就躲在自己的房间里过着漫无天日的生活。这样的生活，起初，她甚至想到了死，可她还是有些不甘。家里人去看她时，更为她深深地担忧，看着她手执鸡毛时常发呆的样子，还以为她患上了精神病。父母用宽心话开导她，可她依然如故。

正当大家无可奈何时，高钰环的脸上终于出现了难得的笑脸。

一个月后，她带给大家一个小小的惊喜——她用鸡毛，作了一幅漂亮的极富立体感的羽毛画。乡村生活的美丽图景，在那副用鸡毛拼贴而成的图画中显得惟妙惟肖，栩栩如生。用羽毛作画，太神奇了。一时间，大家都被她的作品惊呆了。高钰环创作羽毛画的新闻一下子轰动了整个村庄，许多人都赶来参观，看后，无不啧啧称奇。这时大家才明白过来，原来，这一个多月里，这个年轻的女孩子并没有消极避世，而是积极在想应对困难的对策。喜欢美术，有一定美术功底的她，很快就生发了创作羽毛画的灵感，为她那一地鸡毛找到了出路。

一个从广东回来的朋友看了她的羽毛画后，异常震惊，建议她到广东闯一闯，说不定是个机会，因为此时那里正在召开工艺品展览会。带着几分期待与忐忑，高钰环带着几幅自己精心创作的羽毛画作品千里迢迢奔赴广东。展览会的现场，大大出乎她的意料。在广东工艺品展览会上，她的羽毛画作品竟然引起了极大轰动，人们纷纷过来围观，把她的展台围得水泄不通。那次，她所带去的作品很快销售一空。

出师告捷，回来后的高钰环，思路一下子开阔起来。这次展览会，让她从羽毛画中发现了一个尚未被人占领的巨大市场。沿着羽毛画经营之路一路走来，短短几年，她积累了近千万元财富，开辟出一片属于自己的崭新天地。

不要抱怨命运不公，也不要哀叹时运不济，换一种思维看世界，你会发现：机遇常常藏在困境里。其实，困境和机遇就是一枚硬币的两面，把困境翻过来看，你就会发现另一个全新的世界。

让螃蟹从自动售货机里“爬”出来

作家心语：生活总被新奇的想法改变。

有人用自动售卖机卖饮料，有人用自动售卖机卖食品，可从没有人用它来卖活着的商品。有一个中国人却打破常规，用它来卖活物，而且是卖可以四处横行的“螃蟹”。

这个人叫史团结，江苏省高淳县人。作为一名成功的商人，在用自动售卖机卖螃蟹之前，他正在用自己独创的销售方式卖螃蟹：把螃蟹装在一个由他设计的螃蟹别墅里卖。“别墅”是一个像楼房一样的包装礼盒，侧面有两扇门，打开后可以看到一层一层的“房间”，螃蟹就分开放在“房间”里。但捆绑螃蟹是技术活，工作效率很低，这让他很头疼。

能不能想一个办法，让螃蟹绑起来既快又安全，还可以提高成活率呢？于是，他开始琢磨起怎样包装螃蟹的事情来。就在他苦思冥想的时候，他突然想起他以前在家里包装螃蟹时，那只跑出来躲藏在沙发底下的螃蟹。

那天他在家大扫除、搞卫生的时候，把沙发移开，忽然发现沙发的角上有一只螃蟹一动不动。一时好奇，他伸出手去抓它，抓在手里才发现它还是活的。当时天气已经很冷很冷，这螃蟹躲在这里大概没一个月，也有20天了吧。螃蟹逃跑事件让史团结萌生了一个大胆的想法：能不能给每个螃蟹做个小盒子，让它躲在里面，就像躲在沙发角里一样。不是存活时间会更长吗？思考了很久后，他想到一个办法，用盒子把螃蟹一只只的单独包装起来——如同给螃蟹“盖”一个“小房子”。

经过反复试验，终于让他研究出来了一个不用将螃蟹捆绑的包装。模型定好后，他找到浙江一家模具厂做出了一个样品，经过试验他高兴极了。螃蟹住在里面很舒适，甚至最长可以存活20天。把一只螃蟹从盒子的一边塞进去，再塞另外半边，只需五六秒钟。而且盒子是用无毒塑料做的，这种包装还可以放在锅里蒸，打开后螃蟹就可以直接食用了，使用起来十分方便。

试验成功后，新包装开始批量上市。有了新包装，史团结的生意火得一塌糊涂。这催生出史团结更大胆的想法——用自动售卖机来卖螃蟹。经过两年的研发，卖螃蟹的自动售卖机还真的诞生了。

2010年10月1日，装满了鲜活螃蟹的自动售卖机首次出现在了南京地铁新街口站，引起轰动，许多市民纷纷驻足观看。这种自动售蟹机高约2米，内分6层货仓，机内温度5~10摄氏度，保证了螃蟹可以新鲜存活10天。螃蟹根据包装大小标价分别放在六个货仓，按公母和个头大小分层存放活蟹，标价从每只10元到50元不等。顾客投币后选取相应编号，即可从机身取物口拿到所选螃蟹并且有相应的酱料。自动售蟹机和普通的贩卖机一样，收取硬币和各种面额纸币。商家还承诺若买到死蟹买一赔三。

因为销售价钱低、品质又好，这一新兴商业模式很快得到了市场的认可，许多客商慕名前来寻求合作。

成功不走寻常路，凭借给螃蟹“盖房子”、“住别墅”，让螃蟹从自动售卖机里“爬”出来等奇思妙想，史团结获得了巨大的商业成功。

播最差的广告，卖最多的产品

作家心语：成功者是坚持走在正确道路上的人。

据说，每年的“中国十大最好广告”与“中国十大最差广告”一出炉，脑白金都会名列其中。当然不是名列“最好”，而是列入“最差”，且多年连续雄踞“中国十大最差广告”之首，岿然不动。

十余年来，脑白金广告换汤不换药，几乎没什么变化：视频画面中，两个老年卡通人边舞边唱，不是玩套圈就是耍健身棒；广告语，不是“今年孝敬咱爸妈，送礼还送脑白金”，就是“今年过节不收礼，收礼只收脑白金”。广告一经播出，多是骂声一片，鲜有赞美之词。业内广告人看了评价说，没有创意，恶俗，画面缺乏美感。媒介人看了评价说，影视太俗气，没品位，平面广告虚夸性质严重。老百姓看了会怎么评价呢？有人站出来说“恶俗不堪，不堪入目”，有人说“看了以后不想喝，而是想吐”，还有人说，每次看了“不胜其烦，只想摔电视”，也有人略显讥讽地说：有点搞笑，王婆卖瓜，自卖自夸，效果一般。

如此恶俗不堪、品位低下的广告，竟然有持之以恒、不改其衷的意志力，一播就是十余年。不能不让人为之叹服。

难道，巨人集团的掌舵人史玉柱就不知此情，就没动过改头换面的念头？

当然知道，还痛心疾首狠下决心亲自操刀改造，但最终，还是坚持要把“最差的广告”牢底坐穿。

1998年脑白金研发成功开始上市，因为经费紧张，公司只花了1万元，请广州话剧团的一位演员来拍广告。拍完后，人见人厌，花见花落。广告中的年轻人动作呆滞表情夸张，喊着“今年过节不收礼，收礼只收脑白金”广告语的语气，甚至还有点娘娘腔。这个广告拍摄的质量非常差，很难看，只能在县级台或市级台播，省一级的都不让播。拍完后，公司总部觉得还可以，决定投放市场，但分公司和办事处的工作人员看了之后，感觉很丑陋，一致抵制，不肯播。但是，这年春节的时候，还是有一些地方播出了。广告播出一周后，商场销售终端的产品全部卖断，销售业绩竟然出人意料的好。可春节过后，好几个地方就不让播了。因为广告形式太过恶俗，甚至于有消费者跑到电视台来投诉了。出于舆论压力，这个广告很快停播了。

随后，为了提升产品档次，重塑公司形象，第二年，公司总部重新策划，花费数百万元请来姜昆和大山来做广告。

但谁知，这个略显“阳春白雪”的广告一经播出，却反响平平，原来好卖的脑白金现在竟然卖不动了。无奈之下，公司重新换回原来的广告，结果，市场反应迅速，销售业绩一路飘红。

这件事情过后，史玉柱总结经验教训得出：这个只有十秒的广告，效果之所以这么好，是和观众的讨厌分不开的。因为讨厌所以印象深刻，印象深刻就意味着大家记住了这个产品。有人认为广告讨厌，就不买产品，但他们跟踪发现：多数人到了商场后，要买东西送礼，往往想到的是印象最为深刻的那一个，潜意识里是它，那就买它了。

2002年，脑白金广告开始走卡通路线，大大降低了广告成本。虽然卡通老人版广告做了群舞篇、超市篇、孝敬篇、牛仔篇、草裙篇、踢踏舞篇等多个版本，但广告本质不变，还是让人产生不厌其烦的广告效果。准确的广告定位，单一的广告形式，再经媒体狂轰滥炸，人们不得不牢牢记住这个令人生厌的脑白金产品。虽然广告是最差的，可销售业绩却是行业里最好的。脑白金的销路也因此年年看涨，一路飙升，稳居保健品行业头把交椅多年。

其实，后来史玉柱有能力把广告拍得更美一点，但他没有选择这条路。在他看来，最差的广告和最好的广告没有绝对唯一的标准，做广告也要务实。好广告不是靠说的，实用第一，其他第二。从企业角度讲，能卖产品才是好广告。正是靠着务实精神，史玉柱把他的保健品做到了行业第一。

第三辑　大师的拒绝

真正的关爱不见得都是和风拂面，有时可能是冷若冰霜。拒绝，有时也是一种关爱与帮助。

分钱实验

作家心语：分享是一种智慧，得到的不仅是快乐，还有他人的信任，以及众多的人生机会。

诺贝尔经济学奖得主史密斯，曾设计了一个著名的“分钱实验”：A和B两个人共同来分100元钱，分的方法由A来决定，而分法是否通过则由B来决定。如果A的分法B能接受，那么各自拿钱走人；如果A的分法B不能接受，则两人一分钱都得不到。A选择什么样的分配方案，会使双方很快达成交易呢？

仔细思考，这个实验挺有趣的。答案应该丰富多彩，让人有足够的想象空间。其实，A会有很多种分法，按照极限思维思考，A可以给自己99元而给B只分1元。A得到的好处最多，但B肯定不答应。反过来分，给B分99元，A只留1元，B肯定欣然答应，但从A角度出发，这种分法可能性极小。此外，A还可以选择给自己分98元，给B分2元。如果B不同意的话，A还可以和B商量，给自己分97元，给B分3元……

有人会认为，主动权在A手里，A完全可以让自己获取更多的利益。也会有人认为，B拥有足够的牵制权，完全可以反败为胜，夺取更大的利益。

实验中，真正的博弈，其实不是人的智慧，而是人性。而最终实验的结果表明：如果A根据利益最大化原则来分——自己分99元，给B分1元钱，结果肯定是一拍两散，最终谁也得不到一分钱。如果B也考虑自己利益最大化——A分1元，而自己分99元，结果一样得不到一分钱。反而常常是那些三七开、四六开或五五分成等分配方案，更容易促使A和B达成交易。

有一个公司的老板对待手下的业务员，总喜欢重奖。每当业务员赚取5000元时，他只从其中提取五分之一——1000元，而让员工拿走五分之四——4000元。这样奖赏的结果是，业务员为此很感激他，工作积极性高涨，一个个如拼命三郎。

后来，有人对老板的这种做法不解，说，你怎么这么傻呀，你是老板，完全可以提取五分之四，为什么只给自己留五分之一呀？

老板笑了笑，这样给他解释：我现在有100名员工，每人提取1000元，一个月就是10万元，而员工仅仅只是4000元。重要的不是这些，而是我的重奖模式可以促使我的员工队伍快速扩展，最终受益最多的还是我自己。如果我多拿些，无可厚非，但员工的工作积极性势必会减弱，公司的发展速度减慢了，规模自然会受到影响，可能会一直维持在20人，而人才流动性反而会加大，用在员工培训和内耗的成本将会难以估算，这时候，就算老板从每个员工手里能拿到4000元，最终的收入不过8万元，如果再减去公司用在员工的培训和内耗的成本，实际到手则会更少，而且老板管理起来会非常累。更为危险的是，因为收入水平低，成长起来的人才留不住，而优秀的人才又进不来，公司最终会逐渐萎缩下去，到时候，烂摊子只有老板自己去收拾了。

原来，善待员工，其实就是善待老板自己。

被评为2007年度全国十大杰出青年的安踏掌门人丁瑞忠，在谈到自己成功的原因时，这样说道："51%与49%，是父亲教给我的黄金分割比例。他很早就告诉我，你做每件事情，都要让别人占51%的好处，自己只留49%就可以了。长此以往，可以赢得他人的认可、尊重与信任。"

华人首富李嘉诚在谈及自己成功的秘诀时，也曾经这样告诉别人，如果我能得到11%的利润，我只会去取10%。

把"钱"多分些给别人，对于我们来说，损失的不过是一部分很小的利益，赢取的却是别人的信任与支持，然而后者要比前者重要、珍贵得多。把"钱"多分些给别人，首先战胜的不是别人，而是我们自己内心的私欲。

把"钱"多分些给别人，表现出的不仅仅是一个人的美德——惠及他人；更是一种立身处世，成就大业的大智慧。

人生因什么而不同

作家心语：人生就是一次次的选择，抉择能力决定了人生的方向与质量。而人的一切活动都是在价值观的指导下进行的。价值链就是你生活的缩影，决定了你生活的主题，也决定你人生的方向，极大地影响着你的人生是否可以获得成功与幸福。整理人生，规划人生，设计人生，最核心的东西全部在价值体系中。

有两个故事，读过，让我对人生又有了新的思考。

第一个故事，是关于世界潜能大师博恩·崔西的一个人生片段。

大师20多岁的时候还远没有现在这么风光，那时还只是一个穷困潦倒的无业青年，每天早出晚归，拼命工作，日子却过得捉襟见肘，难以维系。彼时的他，一直以为，一个人只要勤奋努力工作，早晚有一天会出人头地。

有一天，他在读书——一本哲学书。书中有一个句子，差点让他激动得从椅子上掉下来。“人是一种善于排列优先顺序的动物”，就是这一句话，让他忽然有种醍醐灌顶的感觉。他赶紧拿笔，将它抄录下来，作为自己一生受用的成功“指南”。

后来成功的他，每每和别人分享自己的成功经验时总是提到它。因为，正是这句看似平淡的话语，深刻改变了他对成功的看法，促使他开始向成功的正确方向快速奔跑。这句话，让他在读到它的那一刻，幡然醒悟：人们对事情的先后顺序的处理，会直接影响到他们的绩效。

后来，他在自己的成功学演讲中，曾经反复不断地提到它，然后极为郑重地告诫别人："平庸的人往往把那些容易的事情放在最前面，而优秀的人则把那些最重要的、最能带来价值的事情放在前面。所以我们经常看到两个人可能同样忙碌，但因为对事情排列的顺序不同，所以达到的成就也就大不一样了，这就是事情的区别。"

第二个故事，是成功学大师安东尼·罗宾的一段人生经历。

曾经有一段时间，罗宾的事业遭受了巨大的挫折，整个事业再也无法向前迈进一步。而影响事业发展的瓶颈问题，他迟迟无法找到。无奈之举，他被迫暂时离开工作，乘飞机到斐济群岛去散心。

坐在飞机上，一路上，他都在整理自己纷乱的思绪，思考着自己下一步该怎么走，如何解决摆在面前的问题，如何扭转目前不利于自己的局面……

到了目的地，他哪里都没有去，而是独自一人坐在饭店的大厅里静静思考。

他开始拿出纸笔，就着大厅的桌子沙沙地在纸上书写着什么。他把自己目前的价值观一一罗列在纸上，然后盯着它们发呆。看着这些价值观时，他心想："这些价值观对于我而言是最棒的，正是这些，才造就了目前的我。"接下来，他开始花几天时间重新审视这些曾经对自己产生过巨大激励力量的文字。在添加了几项新的价值观后，他发现，自己已经无法再为自己的价值体系增加或删减任何一项后，就停下了手中的笔。

在抬起头的一刹那，他问了自己一个问题：“要想实现人生的终极目标，我所拥有的这些价值观，该做何种排列呢？”

很快，他用了一段时间，开始把这些纷乱的、发散的、没有先后次序的价值观，以一种有先后次序的链条形式呈现出来：健康→爱→智慧→积极→诚实→热情→感恩→快乐→学习→成就→投资→奉献→创造。

当罗宾把这个链条写出来后，他疑云重重的脸上重新绽放出灿烂的笑容。

或许，有人会问：这个有先后顺序的价值链，有那么大的魔力吗？看上去，也没什么了不起的地方呀。可是，它对于罗宾而言，却意义非凡。

这个链条，是他经历了内心苦痛挣扎后才排列出来的，自认为是顺序最合理的价值体系。

这个有着先后次序的价值体系，为罗宾的内心带来了极大的宁静，使得他接下来的人生产生了很大的改变。他不仅没有丧失干劲，反而产生了前所未有的信心。这个价值体系，让他从此不再跟自己的内在拔河，也不再和外在的环境对抗，给他的人生带来了稳定持续一致的巨大力量。

后来，罗宾谈到自己的成功心得时，这样解释这条价值链：如果你看快乐优先于成就，那么你就会以快乐的姿态发现自己的成就。

原来，每个人的现实生活状况都是由你过去的选择所造成的，而你的选择，又源自于你在内心的价值观和价值体系。只要理清了个人心中的价值观，适当调整自己的价值体系，每个人都能为自己找到准确的方向，并为自己的未来，作出正确的选择。

人生因什么而不同？人生，因你内心的选择不同而不同。

大师的拒绝

作家心语：真正的勇敢，不是胡作非为，而是做你当做的，畏惧你该畏惧的。同样，真正的帮助，是帮助你当帮助的地方，拒绝你该拒绝的要求。

幼年的鲁宾斯坦是一个音乐天才，从小跟随母亲学习钢琴，之后又师从圣彼得堡的大师学习钢琴，9岁那年第一次在莫斯科公开演出，引起轰动，被人们誉为音乐神童，一时声名鹊起。之后的几年，他来到巴黎学习钢琴，因为很崇拜李斯特，所以日复一日地模仿学习李斯特的演奏，不光模仿他的演奏风格和技巧，甚至还模仿他的动作、表情、衣着……在他内心深处，他一直有一个梦想，就是师从大师李斯特学习钢琴演奏，成为李斯特门下一个真正的弟子。

他一直想寻找一个机会，向李斯特表白个人的心迹。

13岁那年，他开始到世界各地进行演奏，极为神似的“李氏风格”受到了人们的广泛赞誉。在欧洲各地进行演出时，还得到了当时最著名的音乐家门德尔松、肖邦、李斯特等人的赞美。年纪并不大的鲁宾斯坦，逐渐在世界钢琴演奏领域崭露头角。

在欧洲演出期间，他有幸接触到门德尔松、肖邦、李斯特这样的音乐大家，并得到了他们的肯定，自信心倍增。大师近在眼前，他想拜访李斯特的想法愈加强烈。

终于有一天，他鼓起勇气去拜访大师李斯特——想让大师收他为徒。当他把这个想法告诉身边的朋友时，几乎所有的人都认为，像他这样难得的音乐天才，成为李斯特的学生，这对于李斯特来说，应是求之不得的好事情，而且这对李斯特的声誉也极有益处而没有丝毫的害处。大家一致认为，他一定会欣然应允的。然而，令人大跌眼镜的是，当衣着整洁、极为谦卑的鲁宾斯坦向李斯特表达出自己内心的真实想法后，一向慷慨助人的李斯特却一反常态，断然拒绝了他。

为了让他彻底死心，李斯特还以一种冰冷无情的语气告诫他说："作为一个天才，必须不靠别人帮助，自谋发展地实现自己的目标。"冷酷之情，难以言表。

他所崇拜的偶像就这样轻易地回绝了他，这让年轻的鲁宾斯坦极为失落，也备受打击。回去之后，他打消拜师的想法，开始进行个人风格的探索与历练。

之后不久，他开始以崭新的形象出现，成为一名出色的钢琴即兴演奏家。每次演出，他总是满头粗发杂乱如草，以不修边幅、精力充沛、激情四射的形象出现在人们眼前。他的演奏，注重音色、技巧、即兴的表达，不拘泥于细节，常常不按牌理出牌，形成了自己独特的风格。他的这种风格，在当时，受到一些经过严格训练的钢琴家的非议，曾有钢琴家这样批评他："如此敏锐有力的手，手指下却空无一物。"甚至有人说他根本就不是在演奏。但这并不影响他成为一名真正出色的钢琴演奏家。一些乐评家却开始称他为

“钢琴巨人”“钢琴的宙斯”“音乐中的米开朗基罗”。

1872—1873年，受史坦威钢琴公司邀请，年过四十的鲁宾斯坦到美国巡回演出。这是一次非常成功的美国之行，鲁宾斯坦的到来给美国刮起了一阵钢琴飓风。他独特的演奏风格和高超的演奏技巧令人沉迷、神往。之后，他开始被人们赞誉为继李斯特之后最伟大的钢琴家，有些评论家对他的评价甚至高过对李斯特的评价。

应该说，是李斯特的拒绝，成就了后来的鲁宾斯坦。试想，如果没有当年李斯特的拒绝，鲁宾斯坦会顺理成章地成为李斯特的学生。在李斯特的教导下，鲁宾斯坦或许更容易成长为“李斯特第二”，然而，我们却要失去一个独一无二的“鲁宾斯坦”。

真正的关爱不见得都是和风拂面，有时可能是冷若冰霜。拒绝，有时也是一种关爱与帮助。

困境中，你看到了什么

作家心语：心有阳光，生活就是一片阳光。人生没有永远的困境，也没有真正的困境。所谓的困境，常常是用某种眼光或从某种角度审视得出的结论，换一种眼光或角度看，未必就是如此，或许还会别有洞天的感觉和惊喜。豁达的人与智慧的人，常常是善于不断变换角度认识问题的人。

这是发生在美国的一个真实故事，故事是我从别人那儿听到的。

很偶然的机会，美丽的塞尔玛小姐爱上了一位年轻的陆军军官，彼此熟悉后，他们结婚了，婚后，丈夫离开她又回到了部队。丈夫走后，塞尔玛小姐又回到了从前的独身生活之中，日复一日，年复一年地过着单调的生活。分居的生活，把思念逐渐酿成苦涩的滋味。有一天，当她感到万分思念丈夫的时候，她突然发现，他们已经分别整整三年之久了。思夫心切，她决定去找他。

说走就走，当天，塞尔玛就动了身。塞尔玛的丈夫是一名优秀的陆军军官，在地处沙漠地带的陆军基地工作。经过近一个月的辗转，塞尔玛经过千难万苦的长途跋涉，终于来到丈夫身边，和丈夫相守在一起。来之前，塞尔玛做好了长期居住的充分准备，但没承想，现实还是很快把她打垮了。

不久，丈夫奉命到沙漠深处进行军事演习，把塞尔玛独自一人丢在陆军的小铁皮房子里。铁皮房子里的气温很高，热得让人难以忍受——在仙人掌的阴影下也有华氏120度。她很孤独，没有人可以同她聊天。原来，这里的居民只有墨西哥人和印第安人，而他们是不会说英语的。丈夫知道她的情况后，也深深地为她担忧。

无聊的生活，很快就让塞尔玛感到无比的沮丧和难过，于是她写信给自己的父母诉说自己的苦衷。不久，她收到了父亲的回信。

父亲的信简直就是灵丹妙药。读过父亲的来信，年轻的塞尔玛先是感到无比的惭愧，之后，她就满怀信心地开始了新的生活。

她开始尝试着和当地的居民交朋友，开始对当地居民的纺织品和陶瓷产生兴趣。当他们把这些连观光客人都舍不得给的艺术品送给她的时候，她的脸上涌现出一副难以言表的幸福表情。后来，塞尔玛又开始研究起这里奇特的物种来，并为它们着了魔。她和朋友一同看大漠日落，同孩子们一起出发到沙漠深处去寻“宝贝”——几万年前遗留下来的海螺……

原来令她无法忍受的生活，现在一下子变得美好起来。

塞尔玛的转变实在太快了，一切都在向好的方向发展。塞尔玛和她的丈夫都对目前的生活感到满意。在一个有月亮的晚上，塞尔玛的丈夫深情地望着她，无比好奇地询问她转变的原因。塞尔玛微笑着不语，转身取出父亲的回信，给他看。

打开信看，塞尔玛的丈夫发现，父亲的那封回信很简短，其实也没说什么，短短的只有两句话：两个人从牢房的铁窗望出去，一个人看到了泥土，另一个人却看到了星星。亲爱的，你想看到什么呢？

原来，改变就在一念之间——父亲的来信，让塞尔玛幡然醒悟，于是她决定去做那个寻找星星的人。

拿什么捍卫自己

作家心语：靠真理证明自己，是最好的办法。

1842年，环球旅行归来的达尔文，在做了一番科学研究之后，初步构建出“进化论”思想的框架，提出了伟大的“进化论”学说。

当“进化论”学说公布于世之后，在学术界立刻掀起了轩然大波。“进化论”学说的遭遇，犹如当年哥白尼提出“日心说”一样，一经问世，就受到世人瞩目，备受争议。在人们看来，达尔文的“进化论”学说是对神学的“上帝创造论”的一个公开挑衅，因此遭到了神学界的疯狂谴责和无情批判。有时，甚至有人竟然指着达尔文的鼻子问：“达尔文先生，你是怎么由猴子变成的？难道你的父亲现在还是猴子吗？”

此后，10余年中，达尔文思想及其本人，常常遭到这样粗暴的、恶毒的和不公平的攻击。为此，达尔文的朋友和拥护者经常作着针锋相对的斗争——他们在公开场合和学术刊物上，发表支持的言论。

当人们为“进化论”学说据理力争之时，达尔文先生本人的表现却让人大跌眼镜。对于这些反对者，达尔文从不出面辩驳，更不会激烈地对阵斗嘴，而是极为坦然地躲在背后“看笑话”。他为人谦和，对于找上门来的对手，也会十分有礼貌地以友相待。

达尔文究竟要做什么？许多人都十分不解。

原来，达尔文有自己独特的处理办法。他冷静而又睿智，不愿把时间白白浪费于无谓的争辩之中，而是把全部精力投入到“进化论”思想的丰富和发展上，并致力于解决自己理论中存在的多个难以解决的问题。

1859年，是达尔文一生中最为光辉的年代。这年11月24日，积10余年研究之成果，他终于出版了自己一生中最伟大的著作——《依据自然选择和物种起源》一书。这部科学巨著，仅仅出版了1250册，当天就全部售完。细心的读者会发现，《物种起源》是“一个长的论据”的科学作品。为了让自己的思想能够被人们更好地接受，达尔文收集各种“证据”，并在书中作了详尽的叙述。他用充分的材料来论证整个进化论思想。此外，这本书，除了通过大量证据来论证进化论思想外，达尔文有意为之的是，专门辟出几个章节，将批评的言论也放入其中。对自己理论长达几章的批评文字，是这部著作的一个显著特点。

达尔文为什么要将反对者的声音写进自己的著作呢？一时，许多人都看不明白。后来，达尔文这样阐述自己的想法：他要让对手，替他找出他在理论和结论方面的弱点，并预见到一切可能提出的异议。一个科学家越诚实，对自己的要求越严格，那么，别人想反对他就越难。

其实，谁也不知道，达尔文使用最多的武器，还是他那部不断更新版本的出色著作——《物种起源》。自该书出版后的许多年，

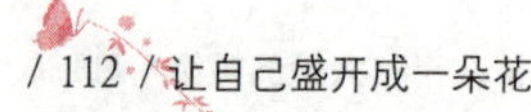

他仍然孜孜不倦地致力于进化论方面的研究，并不断将自己的研究新成果加入其中，让自己的学说更具说服力。这部不断修订的巨著，后来，不知不觉中击倒了各个对手，说服了那些动摇分子，在越来越多无私地寻找真理的人们中间，达尔文为自己赢得了许多朋友和忠实的追随者。

19世纪70年代后半期，达尔文得到了世界各国普遍的尊敬和认可：剑桥大学授予他“法学博士”的称号，并将他的肖像画悬挂在学校的哲学学会图书馆里；林纳学会也开始用美术家绘制的达尔文肖像来装饰会所；法国科学院授予了达尔文植物学部通讯院士；意大利皇家学院为达尔文颁发布雷斯奖金；德国科学家在他1877年的生日时，将由150名德国著名博物学家的照片装订而成的相册寄来，作为生日礼物献给他……

后来，一位达尔文的支持者——科学家华莱士，曾经这样总结达尔文的一生：达尔文从来没有得到过暂时性的成功，但是成功本身总是跟随着他。

1882年4月，享年73岁的达尔文，与世长辞了。在众多科学家的强烈要求下，他被安葬在英国著名的西敏寺。而他的坟墓，距离伟大的科学家牛顿的墓地仅几步之遥。达尔文的老朋友，赫胥黎教授，在他的墓碑前这样颂扬他：“他留给人们的是被证明的科学观点，为了让人们理解，他用非常婉转、不伤害别人宗教信仰的语言将它介绍给了大家。”

达尔文几乎用尽自己一生的时间来捍卫自己的思想。而他采用的方式是：宽容、友好、坚强不屈、勤奋创造。

放弃与坚守

作家心语：坚守与放弃是一种态度鲜明的选择。面对人生的选择，我们要学会割舍，学会沙中取金。比尔·盖茨在谈到他的成功经验时就说：“我的成功在于我的选择。如果说有什么秘密的话，那么还是两个字——选择。”这个世界上，通向成功的道路何止千万条，但你要记住：所有的道路，不是别人给的，而是你自己选择的结果。你有什么样的选择，也就有了什么样的人生。

当代著名评书表演艺术家单田芳老师，做客《艺术人生》，谈了自己的从艺经历，其中有这么两段，听了，特别耐人寻味。

一段是他“弃学从艺”的经历。少年单田芳出生在评书世家，到了父母这一代，仍然靠说评书卖艺艰难生活。自幼聪明活泼的他，闲暇之余总喜欢围着父母学说评书段子；耳濡目染中，也得到了几分真传，很受同行长辈们的喜爱。

对于出身评书世家的他来说，学说评书，长大后靠说评书养家糊口，也是顺理成章的事情。可母亲尝遍了说书的艰辛，为了孩子的前途，说什么也不愿让自己的孩子再走这条路，而是决定供他上大学，将来好改换门庭。母亲对他说，就是再苦再累，我也要把你供出来。从6岁开始，他就开始踏上艰辛的求学路，从“私学堂”到“洋学堂”，勤奋学习，一路坚持，高中毕业的时候，令人欣慰的是，他同时收到了东北工学院和沈阳医学院两张大学入学通知书。正当他在为能上大学而高兴不已的时候，不巧的是，恰在此时，他患上了严重的痔疮，三次手术，几个月过去了，早已过了入学时间，待在家里的他，每时每刻无不在为不能上大学而惋惜和发愁。在他苦恼之际，喜欢他的沈阳曲艺团评书演员李庆海老师，前来看望他，心疼又不无真诚地对他说：“傻孩子，你考什么大学呢？按照你现在的文化水平，在我们这个行当里，有谁能和你比？为什么不把老祖宗留下的这些宝贝整理一下继承过来呢？”

听了李老师的话，结合现实考虑，他豁然开朗，于是决定弃学从艺。后来，他就拜李庆海老师为师，学习评书艺术。因为自幼受家族说书的影响耳濡目染，再加上自己勤奋好学，有扎实的说书基础和较高的文化水平，一入行，他便如鱼得水，很快成了远近闻名的评书新秀。

而另一段，是“文革”十年，他如何度过自己人生最艰难的生活的一段经历。当他的说书事业刚刚有了起色，开始得到别人肯定的时候，“文革”开始了。1970年2月2日，他们全家突然被下放到农村进行“再教育”。命运的突然转变，让他一下子懵了。一开始，他迷惘过，望着农村一望无际的地垄，过着陌生的农村生活，远离热爱的说书舞台，他对未来生活一下子失去了信心。后来，他想到了自己说书时常说的一句话——“三十年河东，三十年河西”，渐渐想明白了——我会在农村待一辈子？不会。总有一天，事情会水落石出的。他坚信，总有一天，他会重返舞台。但究竟是什么时候，他真的不知道。

想通了，他就开始乐观起来。每天下地，他不再为单调的劳动生活而烦闷了，而是一边劳动，一边背评书段子，不知不觉，一天的劳作就结束了。渐渐的，他把所有的心思，全部放在了说书上。从《隋唐演义》开始背起，所会的他全部背，一部一部地背，一遍又一遍地背，一边背还一边琢磨怎么修改……有些书，究竟背了多少遍，连他自己都不清楚。原来评书中不熟悉的地方，后来被他背得滚瓜烂熟。原来评书中不精彩的地方，经他几次修改，再经他口说出来，一下子变得别有一番韵味。从说评书中，他再次找到了生活的乐趣。直到后来，生活最艰难的时候，他偷偷做着小买卖维持生活，也从没有放弃说书。就这样，每天从不间断的练说，一晃十年过去了。

"文革"结束后，他重返舞台。当他再次登上评书舞台的时候，距离上一次在舞台上说书，已经过去十余年了。可是，他一登台就大放异彩，所说的评书极受欢迎。许多说评书的同行，听了他的评书，极为震惊与不解——过了这么多年，这些东西我们早都忘个差不多了，你的脑子怎么这么好使，不但没有忘记，还说得这么好?

他听了，笑着说，这十年，我一天都没有闲着，每天都在练呀!

就这样，他迎来了自己艺术人生的第二个春天。一路坚持，到了上世纪90年代，单田芳的评书早已家喻户晓，全国有400多个电台在同时播放，固定听众达数亿人，录制好的评书达一百余部，录制过的节目不下3000个小时，如果一个人每天听2小时，连续听，可以听好几年。为了把评书艺术发扬光大，他还成立了自己的公司，出版了40多部评书专著。他在评书事业中取得的成绩，有目共睹。他成为当代最受听众喜爱、最有成就的评书艺术家。

后来，有人问他成功的秘诀。他总结自己的成功经验，说了这样两点：一是，正因为在他人生的重要关头，他明智地放弃了上大学，放弃了当工程师和医生的梦想，选择了最适合自己发展的职业——评书，他的人生才变得绚丽多姿，在这一行当里，他如鱼得水，事业一帆风顺；还有一点就是，自从认定了这一行后，不管生活如何艰难，他从来没有动过放弃的念头——一个人想成功，一定要有个信念，自己心中的那个信念一定不能动摇。

让他人变得伟大

作家心语：关爱他人必被他人所爱，助人者天必助之。人生的升华，就在人与人之间的互助互爱里。助人为快乐之本，助人是一种美德，也是人格升华的标志。助人者必被人助，助人就是助己，是自己走向成功的捷径。

2002年中秋节，在微软中国公司工作的员工，听说公司决定给大家发月饼，都不以为然。可令大家有些摸不着头脑的是，公司只是向他们索要两个他们最希望月饼到达的地址，并没有真正给他们直接发月饼。

对这些不知所以的东西，许多人都不太放在心上。于是，大家就按照公司的要求，提供了两个住址。大家提供的地址五花八门，有自己父母的，有过去同窗的、老师的，甚至还有同事的地址。

中秋节到来那天，令人想象不到的是，几乎不约而同，大家都收到了一份格外珍贵的礼物——别人打给自己的电话。这些电话，有的是朋友打来的，电话里充满了赞美和羡慕之情；有的是父母或亲戚打过来的，是告诫他们要好好珍惜现在在微软工作的机会。这些电话，毫无疑问，令许多人都很感动，很自豪。

后来，大家才知道，公司帮他们将月饼送达目的地的同时，又在月饼中附带了一张小卡片。卡片上写了这么两段文字：第一段文字里，充满了感恩之情；而第二段文字，则描述他们所工作的那家公司——我们的公司是世界上最优秀的公司，特别是我们所在的分公司又是微软全球分公司中最好的，世界上最优秀的员工在我们的公司，我们很自豪，所以我们也希望：作为我们员工的朋友或家人的你也会觉得很自豪!

这件事情令许多在微软中国工作的员工感动不已。纸条上文字背后的捉刀人，正是当时微软中国区的总裁唐骏先生。

在微软中国工作的员工，还知道他们的这位大总裁，有一个特殊的喜好——喜欢面试人和记人名。每个来微软中国工作的人，他都要一个个亲自面试。短短两年，他亲自面试过2500多个人，他还记住了在微软中国工作的1000多名员工的2000多个名字（每个员工都有中文和英文两个不同的名字）。令人敬佩的是，他常常能在不同场合清晰准确地叫出每个公司员工的名字。

其实，在他面试之前，公司已经对面试人进行了严格考察，他的面试，更多是一个形式而已。因此，许多人都认为他的面试是在浪费时间、消耗精力。可他们哪里明白总裁的真实意图，他是为了通过面试和亲切叫出员工的名字，让所有进微软的员工都感受到公司对他的重视。

当年，微软中国一个区的总经理，要跳槽到别的公司去。他知道这个消息的时候，正在遥远的澳大利亚开会。放下电话，他便飞到广州找那位总经理谈话。半个小时过去后，他又马不停蹄地赶回澳大利亚。其实，那次谈话，他并没有说一句挽留的话，而是和她闲扯了半小时广州的天气。第二天，媒体纷纷报道：唐骏为了挽留一位要跳槽的总经理，专程飞回国。唐骏后来这样解释："虽然我辛苦了一点，但我希望她带着荣誉感离开，也让对方觉得挖到了特别重要的人才。"

在唐骏的领导下，微软中国发生了惊人的转变，之前业绩不佳、士气低落的微软中国，当年的销售业绩迅猛提升，令微软总部的盖茨都极为震惊。后来的两年，微软中国一直是微软公司全球八十多家子公司中业绩最好、员工满意度最高的公司。微软中国也因此出现了一个可圈可点的"唐骏时代"。

后来，唐骏把他这一系列独特的管理，归结为一句话——让他人变得伟大。他的这一理念，后来，成为了微软公认的七大文化之一。

2004年3月，唐骏决定离开工作了10年之久的微软。比尔·盖茨亲自致电挽留，言辞恳切，情深义重，并破天荒地将微软历史上唯一一个"终身荣誉总裁"授予了他。之后，他来到盛大，将盛大打造成中国最有实力的网络公司。2008年，他"转会"到新华都，身价10亿元，被人们称为当代中国的"打工皇帝"。

至今，在他个人的名片上，你仍然能够看到这样一句话——让他人变得伟大。

后来，曾经有人请他解释其中的深意。他给出的注脚是：事实上，你让他人成功了，你也就成功了，他人伟大了，你也就伟大了。

请打开你身前的门

作家心语：勇气是打开世界的第一扇门。我们都期待“芝麻开门”的神话可以在自己身上上演，但我们是否曾想过，其实我们自己也拥有这样的力量。“打开身前的门”不仅是一种勇气，也是一种信念，而且是通往成功与幸福之路的第一个关口，是你永远都无法逃避的现实。只有打开这扇门，你才可以走出去，迈向成功。

在美国得克萨斯州丹尼森市一个贫民家庭，有一个贫穷的小男孩儿名叫艾克。小艾克兄弟六个，上有两个哥哥下有三个弟弟。家里除了勉强果腹的食物与御寒的衣服，以及一些简单的日常用品外，一无所有。

贫困的家境，曾经很长一段时间，让他们全家人生活在饥寒交迫的困境之中。那时，美国国内战事不断，世界第一次大战的硝烟还在四处弥漫。在小艾克心中，将来能够成为一名领军打仗威风八面的将军，成了他少年时代最伟大的理想。后来，当他把这个理想悄悄告诉给他的舅舅后，竟然得到了舅舅一片赞许。

那时，上了学的小艾克，最大的嗜好就是每个周末能到舅舅的家里听博学多才的舅舅讲故事。舅舅懂得很多知识，每次到来，总会给他别样的惊喜。小艾克喜欢让舅舅将那些伟人的励志故事讲给他听。每次讲的时候，小艾克都听得津津有味，格外认真。看着小艾克专注的样子，舅舅讲完故事后总会很开心地笑笑，然后夸赞一番。这时，小艾克就会叫嚷着让舅舅再讲一个给他听。

小艾克深深迷恋上了舅舅的故事，几乎每个周末都要步行很远，到舅舅家，缠着舅舅给他讲故事。在那里，他学到了许多课本上没有的知识。

一个周末的早晨，小艾克又早早起床步行来到舅舅的住所，轻轻扣开了舅舅家的门。舅舅很高兴地迎出来，把他让进屋后，请他先坐下休息，然后就很随意地和他搭讪："今天是不是又没有事情可做了？又来求舅舅给你讲故事？"

舅舅的话一出口，小艾克的脸腾地就红了，紧接着连头也羞愧地垂了下来。看着小艾克奇特的样子，舅舅知道小艾克肚子里一定藏着什么事情，就走过来，抚摩着他的头，温和地说："艾克，今天究竟是怎么了？"

沉默了许久后，小艾克才慢慢地抬起头，向舅舅交代：今天，学校要组织学生进行军训，因为自己不喜欢，所以早早逃了出来。

舅舅看着小艾克诚实的样子，并没有大发雷霆，甚至连一丝不高兴的样子也没有表露出来。舅舅沉默了一会儿，就像什么事情从没发生那样子，继续给他讲故事。下午的时候，舅舅还带着他一块儿到乡下的老家玩儿。

第二天清晨，小艾克随舅舅一起醒来，一块儿起床。奇怪的是，小艾克看见舅舅起床后，并没有去刷牙洗脸，而是推开门，跑到了院子里。

在舅舅的要求下，带着疑惑与不解，小艾克也跟随舅舅来到了院子里。舅舅究竟要做什么呢？小艾克好奇地看着他，想弄明白。这时，他看见舅舅开始在院子里跑来跑去，累得气喘吁吁。舅舅所做的唯一一件事情，就是将院子里所有的门，一一打开。

小艾克看着看着，心里诧异极了。

当所有的门都被打开后，舅舅才用手撸了撸额头的汗水走过来。舅舅很认真地对他说，你知道吗，这是我每天必做的第一个功课，几十年来，从未间断，正是因为这样，我才一点点进步，取得了今天这样辉煌的成就。

说到这里，舅舅忽然停了下来，目光炯炯地盯着小艾克问："你知道这是为什么吗？"

小艾克把头摇得像拨浪鼓。看着小艾克一知半解，急切探询的样子，舅舅就微笑着说："打开你身前的门，其实是每个人每天必做的事情。只有你打开了你身前这扇门，你才会发现，新的一天已经来到，前面又是光明一片。无论之前你是成功还是失败，你都和别人一样——重新站在一个新的位置上，所有人的机会都是平等的。于是，你才会深知，只要坚持走下去，前面还是你的广阔天地。"

舅舅的话让小艾克异常震惊，恍然大悟。

此后，小艾克再也没有逃避过军训。后来，他也像舅舅那样，养成了这个习惯——学会每天起床后，第一件事情就是从容地打开身前所有的门。舅舅的这番话，激励着他在人生的道路上，向前，向前，永不满足，永不放弃。后来他果真实现了儿时的梦想，成了美国的将军，还连任了两届总统。

多年以后，他对舅舅的那番话语有了更加深刻的理解。在他看来，打开你身前的门，不仅仅是一种生活习惯，更是一种人生智慧——放下心中过去的包袱，勇敢走向未来。

这个贫穷的小艾克，就是后来叱咤风云、赫赫有名的“二战英雄”，美国“五星上将”，第34任总统——德怀特·戴维·艾森豪威尔。

容祖儿的成功秘诀

作家心语：成功学专家曾做过这样的论断："判断一个人是否成功，最主要是看他能否最大限度地发挥自身优势。通过研究发现人类有400多种优势，这些优势本身的数量并不重要，重要的是应该知道自己的优势是什么，之后要做的则是将你的生活、工作和事业发展都建立在你的优势上，这样你就会成功。"

因此，个人发展，关键在于选对角色，无论身处怎样的社会角色，只要将自身优势发挥到极致，相信每一个人都能有所作为。

多年以来，在香港乐坛，容祖儿一直稳坐"英皇一姐"的宝座，当仁不让地成为香港歌坛新一代天后。令许多人不解的是，论相貌，她不是最美丽的，论歌艺，她也不是最出色的，然而，她却凭着极高的人气和唱片百万销量的成绩，称霸香港歌坛多年。她的走红和成功，对于许多人来说，一直是一个不解的谜。

1995年，酷爱唱歌，年仅15岁的容祖儿，在一次卡拉OK比赛中荣获冠军，脱颖而出，被唱片公司发掘出来。之后的几年，她的歌唱事业并不顺利，不是被签约公司解约，就是面临公司的倒闭而无计可施。经过几年的波折，直到1999年，她才签约英皇公司，在师傅罗文的带领下正式踏入乐坛。

初入英皇，许多人并不看好她。相貌不起眼又不怎么爱打扮的她，给人的第一印象其实并不好。大家认为，对于不属于天生丽质、完美佳人的容祖儿来说，与俊男美女的香港娱乐圈，应该是格格不入的。

对于这个相貌平平的新手，英皇公司很是为难了一阵子——如何包装，才能将她推出去呢？

不久，在香港最繁华的地带，尖沙咀的一条大街上，有一张巨幅大海报张贴出来。令人惊奇的是，海报上没有令人炫目的宣传照，也没有繁杂的文字介绍，只有这样简单的几个大字：一个不能逃避的声音——容祖儿。凡是看过这张海报的人都说，这张海报蛮奇特的。由于这个奇特的广告，大家的兴趣一下子被调动起来，之后不久，英皇公司便适时推出了容祖儿的音乐。只是，大家只闻其音，不见其人。后来，不断有人发现，这个女孩儿的声音其实蛮好听的。当听众真正喜欢上了容祖儿的声音后，英皇公司才在各种场合让她慢慢“曝光”。这个时候，这个声音出众的女孩儿早已深入人心，大家对她平平的相貌反而不去在意了，常常有人会说，容祖儿原来是这样子呀，长得其实也不算太差嘛。

此后，在公司的全力打造和自己的不断努力下，容祖儿的歌唱事业开始稳步发展，步入正轨。2003年，随着唱片《我的骄傲》以及国语版《挥着翅膀的女孩》的推出，她的歌曲红极一时，广为传唱。当她唱红大江南北时，大家才发现，这个曾经遭人质疑与嘲讽的女孩儿，已经一飞冲天了。

然而，容祖儿的事业并非一帆风顺。在她如日中天的时候，有一件事情曾让她惴惴不安。作为镜头前的人物，保持光鲜亮丽是最基本的原则，对于体重的要求更加残酷。要在娱乐圈谋得更大的发展，对于60公斤体重的她来说，减肥势在必行。这个时候，公司的许多人也开始对她说，容祖儿，你这样不行，如果不减肥，就是唱歌再棒也没有用，她听后，一下子恐慌起来，对呀，我的歌唱得一般，形象又这么差，不减肥大家会不喜欢我的。然而，对于“不吃东西人生就没有目标”的容祖儿来说，减肥是件何其痛苦的事情。此后，她还是开始了各种艰苦卓绝的减肥行动，先后通过疯狂运动、减食和泡热水浴等方法来减肥，但最终都失败了。

后来，有一天，她突然发现，自己并没有因此而受大家的冷落时，才突然醒悟过来，其实大家真正喜欢的是我的歌曲，我为什么不把心思都放在唱歌上呢？想通了，她便不再为体重而烦恼了。随着一些歌曲的推出，容祖儿的歌唱事业也获得了极大的成功。此时，心态好了的她，开始考虑改善自己的外在形象，这个时候，减肥反而成功了。随着歌唱事业的发展，她的声音和形象深入人心。此后，无论遇到什么困难，她都会牢牢记住一点：我的优势是我的声音，并为之付出努力。

原来，这个相貌平平的女孩儿，成功的秘诀就这么简单，就是把自己最出色的部分呈现出来，永远不要忘记自己的优势所在。

一念之差，天壤之别

作家心语： 信念不仅仅是一种引领，还是一种激励和挖掘。正确的信念和先进的信念，可以引你走向正途，还可以帮你打开潜能的大门；而错误的信念和不当的信念，却会把你引向歧途，极大遏制你的潜能发挥。

2012年2月27日，NBA“哈佛小子”、华裔球员林书豪登上了美国时代周刊亚洲版封面。封面标题是“Linsanity”（疯狂的林），这是美国媒体为林书豪现象新造的词汇。杂志中还夸赞他照亮整个NBA，而且自从1976年以来，没有任何新秀前七场总得分高于他，包括乔丹和詹姆斯两位“篮球大帝”，他几乎是凭借一己之力带领落魄豪门纽约尼克斯取得了七连胜。曾有专家撰文指出，林书豪甚至有可能取代姚明，成为亚裔球员在NBA新的标杆和榜样。

2012年2月，林书豪突然间爆发出了超级巨星的能量，在短暂的时间内以一己之力率领困境之中的尼克斯球队连连获胜，震惊了整个NBA。

林书豪的爆发始于2月4号，尼克斯队战胜篮网队，他像往常一样替补出场却拿下全场最高25分外加5次助攻，不仅盖过了对手阵中全明星级别后卫威廉姆斯，连自己的两位巨星队友斯塔德迈尔和安东尼都自叹不如。之后他便一发不可收拾，2月5日，纽约尼克斯控球后卫位置告急，他替补登场，砍下25分、7个助攻、5个篮板，帮助球队获得胜利；2月11日，在纽约尼克斯对阵湖人队的比赛中，他砍下38分、7次助攻，力压湖人核心科比……短短几天，全美、全世界便刮起了气势汹涌的“林旋风”。他率领球队先后疯狂战胜了篮网队、爵士队、奇才队、湖人队、猛龙队和国王队，帮助尼克斯迎来了辉煌的7连胜。

林书豪的出色表现不仅征服了对手，还征服了无数球迷。面对咄咄逼人的林书豪，科比赛后面对镜头抱怨：“你们还想让我说什么？那家伙已经快得到40分了。”而喜欢他的球迷则在看台上高呼“MVP！MVP！”以此为他们所喜爱的球员加油。起初人们还以为林书豪的爆发只是昙花一现而已，当这一连串的成功展现在人们眼前时，大家才如梦方醒，原来这是一个不折不扣的现实版灰姑娘奇迹。尼克斯和NBA官网、全纽约媒体都沸腾了，甚至全美国和全中国媒体都在赞美林书豪。

可是，令人不可思议的是，一个月之前的林书豪却还是一个处处碰壁名不见经传的“灰姑娘”。

在黑人当道的美国篮球圈里，黄皮肤的华裔球员生存空间非常狭隘。在美国加州“土生土长”的林书豪，在学校打球时常常受到歧视。2007年夏天，他参加了旧金山的Pro-Am夏季联赛。当他走进球馆开始热身时，一名工作人员跑过来，提醒他说：“这里举行的是篮球比赛不是排球”。当他在客场打比赛时，有人在看台上大声对他说：“滚回中国去吧！”。在这样的环境下打球，他只有用自己的出色表现来回击蔑视他的人。

出色的球技终于引起NBA的关注，他进入了NBA集训营。可在NBA集训营中他的表现并不是很好，糟糕的表现让他甚至对自己失去了信心。他总是担心被淘汰的那一天，不知道如何向家人、朋友和亚裔社区交代。有一天他彻夜难眠，在日记上写下："这是我人生中最忧郁的时候，我在球场上失去了信心，篮球对我来说再也不好玩了，我不想再参加任何的分组赛了。"

果然，2010年6月25日在纽约麦迪逊广场花园举行的NBA新季选秀，林书豪的哈佛大学经济、社会学双专业并没有打动任何一支球队。身高1.91米，体重91公斤，拥有如此接近于普通人身体条件的华裔球员，谁会看上他呢？落选后的他被偶像球队金州勇士收留，效力勇士队的一年里，林书豪全赛季仅仅替补出场过29次，场均时间不到10分钟，得分只有2.6分，还曾经3次被下放到发展联盟。2011年12月他被勇士队无情地裁掉了。

在纽约爆发前，他还曾流浪火箭。有一种略带嘲讽的说法是：即使当时姚明没有退役，他们也没有机会并肩作战——因为按照NBA的说法，他只是个坐在板凳末端的饮水机看护者。随后短暂加盟火箭队又被裁掉，正在他痛苦等待机会甚至考虑加盟CBA的时候，缺少控球后卫的纽约尼克斯队决定在这个华人小子身上试试运气。可加盟尼克斯之后的一个多月里，他仍然表现平凡。

林书豪的前后表现判若两人。他的成功让人既惊喜又感到莫名其妙。于是有人开始探究，他究竟是靠什么突破人生的瓶颈，书写出新的传奇呢？

在一次节目访谈中，人们终于从他的谈话中发现了奇迹背后的

“秘密”。

他说，很多人打球的动机是金钱、女孩子和明星的生活方式……他也是人，他也经常被世俗诱惑。为了出人头地，他对自己施加了很多压力。每当比赛和训练结果不好时，他总是垂头丧气，萎靡不振。带着这种心态训练和比赛，失败就像一个魔鬼的影子怎么也无法从心中驱散。

就在他站在失败与成功的边缘左右摇摆时，他开始深刻地反思自己。他发现自己之前的某些想法是错误的：最初的自己是在为“能坏的冠冕”而打篮球——为了好的比赛、好的得分、能续签球队合约、满足他人的期望和过上奢华的生活而打篮球。而真正的英雄应该去追求那永恒的“奖赏”——内心的快乐。

至此他终于明白，表面的成功只是浮云，内心的快乐才是真正“永恒的财富”。想明白了这一点，他的心灵就得到了神奇的“安宁”。有了心中的“安宁”，即便事情出了差错，他仍然可以醒悟过来微笑面对。正是这种神奇的安宁，给他带来了奇迹的表现。

靠着勤于思考的大脑，卓然不凡的智慧，林书豪用更“完美的信念”打开了通往成功的通道。

改变人生从不断质疑自己开始

作家心语：为什么我们会质疑人生？是因为现实的无奈和我们对现实的不满。质疑人生是企图从现实出发，寻找一条别于过去的道路重新出发，站在现实的滚滚红尘之中对自己的人生进行一次反思和重新规划。重新认识自己，改变自己，升华自己，获得涅槃重生的蜕变。

他出生在美国圣地亚哥一个贫民家庭，父母心地善良，没有固定工作，靠四处打零工维持生计。这样的家境，让他长期生活在饥寒交迫之中。

直到多年以后。他每每向别人介绍起自己的童年，总是说，家里物资匮乏，我们家的主题曲就是——买不起。

迫于生计，他辍学了。辍学后，他找到的第一份工作是到一个小餐馆洗盘子，每天下午4点上班，常常工作到翌日凌晨。这样的生活让他疲惫不堪、极为厌烦。丢掉洗盘子的工作后，他又到一家停车场去洗车，接着又换了一家清洁管理公司工作。在清洁管理公司，他常常洗地板到深夜。这样频繁地更换工作，让他在闲暇的时候，总忍不住想：难道我一辈子就这样洗东西？

他开始尝试改变自己的生活——每天辛勤的体力劳动之后，他都会用5个小时时间学习。当时，很多同伴都不能理解——为什么一个做体力劳动的人每天还要这样拼命读书？他对他们说，读书就是为了改变自己的生活，我不想一辈子做这种工作。

20岁那年，他开始到处旅行，曾经和两位好友用300美元，穿越了美洲、欧洲、亚洲和非洲，靠汽车和步行，行程1.7万英里。在非洲撒哈拉沙漠，他吃尽了苦头。也就是那个时候，他开始意识到——每个人都必须穿越自己的撒哈拉沙漠。

此后的几年，他居无定所，到处打工，每天连续工作12小时，忍耐着高温、尘埃和机油等恶劣不堪的工作环境。后来，就连这些出卖体力的工作也找不到了，他便开始从事直销工作，挨家挨户上门推销商品。可这样的生活始终让他无法摆脱人生的困境。

30岁那年的一个晚上，夜深人静，他却怎么也无法入睡，不甘平庸的他开始质问自己："为什么我这么努力，却还是住在便宜的公寓中，不能开名车、住豪宅？"这时，他渐渐意识到，成功或许没有捷径，如果有的话，那一定是规律。

惊人的转变，从那个夜晚开始。此后，在业余时间里，他开始认真地思考成功的方法。通过观察同一家公司的顶尖业务高手，他开始学习他们拜访客户以及安排时间的管理方法。之后，他开始对自己进行有序的调整，制订了一系列新的工作规划，并付诸实践。

令他意想不到的是，奇迹出现了。不久，他的业务开始迅速飙升，很快赚到了数倍于以前的收入。他开始踏入成功人士的行列，事业也一片坦途。

这样的生活过了将近十年。他渐渐从一个名不见经传的小业务员，成长为一名业务出色的超级业务员，他的业务越做越大，为很多的老板赚取了百万财富，也为自己赢得了不一样的人生。

但是，在他的人生进入坦途、事业一片光明的时候，他又开始质问自己——这就是我想要的生活吗？不，我要把自己的成功经验和别人分享。当许多人都以为他要大展宏图、一路高歌、快步前进的时候，他突然放弃了这项事业，反而转去做演说家和作家了。

凭着自己的执着与智慧，以及对成功的独特理解和对成功规律的准确把握，很快，他就成长为在国际上光芒四射的演说家和潜能激励大师。他开始不断出版专著，四处演说。

20多年来，他的足迹遍布90多个国家，曾经在40多个国家成功举行了演讲，有400多万人接受过他的言传身教。他成了全球业务员顶礼膜拜的心灵导师，包括世界首富比尔·盖茨、巴菲特、迈克尔·戴尔和杰克·韦尔奇也都曾听过他的演讲。他出版了多部成功学著作，作品畅销全球。

他就是美国著名成功学大师安东尼·罗宾逊的潜能激励导师，当代中国成功学大师陈安之的师公，全美最具影响力的演说家和成功学讲师，当今世界上最知名的心灵导师——博恩·崔西。

如果人生是一次漫长崎岖的旅途，那么改变旅程路线与方向的最好办法，就是在路途中以及路途的岔口处，不断质问自己：我们究竟要到哪里去？我们怎样才能成功到达那里？

放弃你人生的7%

作家心语：当局部利益与全局利益发生矛盾时，应舍得放弃局部利益，甚至牺牲局部利益，以顾全局利益。

美国保险巨头法兰克·毕吉尔刚从事保险业的时候，事业曾经一帆风顺。出色的推销能力，让他在这个行业里如鱼得水。

当他充满激情、对未来充满抱负、渴望在保险业里大展身手的时候，他却遭遇了自己从业以来的第一个工作“瓶颈”，并深陷其中。

他想让自己的业绩得到迅速提升，于是他投入百倍的努力进行工作。他开始起早贪黑地出去跑业务，并使出浑身解数说服客户购买他推荐的保险。为了争取到每一个可能成交的业务，他经常要几次三番登门拜访。可令他沮丧的是，一切的努力却收效甚微——虽然他付出了比往常多几倍的汗水，可他的业绩并没有比原来有多大的提高。因此，他的自信心不断受到重创。

那段时间，他异常沮丧，整天郁郁寡欢，对前途丧失了希望，甚至想要放弃这个充满挑战的职业。

一个周末的早晨，从噩梦中醒来的他，仍然有些沮丧和不安。不过很快，他就平静下来。

他开始认真思考解决问题的办法。

他在内心里不断诘问自己：为什么最近自己会那么忧郁？问题到底出在什么地方？平日里工作的情景，很快闪现在他的脑海里：许多时候，在他多次登门拜访、百般努力之下，客户会答应购买他的保险，但在最后的关头，客户却常常反悔，说："让我再考虑考虑，下次再谈吧。"这样，他就不得不沮丧地离开，再花时间去寻找新的业务。

怎么做才能很快地把自己从沮丧中拯救出来呢？他在飞快地思考着。

当他没有想到更好办法的时候，他开始随手翻阅自己一年来的工作笔记，并进行细致深入的研究——希望从中能够找到答案。很快，他就发现了问题的症结所在。一个大胆的念头在他脑海里闪现，令他自己都有些震惊。

之后的日子里，他一改往日的工作方法，开始采用新的推销策略进行工作。结果令他大吃一惊，他创造了一个奇迹——在很短的时间内，他把平均每次赚2.70元钱的成绩，迅速提高到了4.27元。当年，他新接到的保险业务，第一次突破百万美元大关，引起业界的轰动。

凭着自己出色的智慧和独特的推销策略，法兰克·毕吉尔迅速成长为保险业内的巨头。

后来，法兰克·毕吉尔向世人公开了自己成功的秘诀。原来，当年他在自己的工作日志中发现了这样一组奇特的数据，从而改变他对工作的认识。经过统计，他惊奇地发现，在他一年所卖的保险业绩中，有70%是第一次见面成交的，有23%是第二次见面成交的，只有7%，是在第三次见面以后才成交的。而他实际上花费在那7%业务上的时间，几乎占用了他所有工作时间的一半以上。

于是，他采取的新推销策略是，果断放弃那7%的利益，不再为它的诱惑所动。这样，他就可以腾出大量时间用于新业务的拓展。于是，他成功了。

成功有时候就这么简单——果断放弃你人生的那7%！

悬赏时间

作家心语：时间在每一个人面前都是平等的，区别在于经营时间的能力。时间是人生最宝贵的资源，而且是不会再生的资源。学会时间管理是走向成功的重要保证。不会时间管理，学习无法进步；不会时间管理，工作无法从容；不会时间管理，身体不会健康，心灵不能愉悦。而掌握时间管理的最为重要的诀窍，就是不断精简目标，做出抉择。

安德鲁经营着一家大型企业，手下有2万多名员工，工作可谓异常忙碌。此外，他还热衷于社会慈善事业，是一个不折不扣的大慈善家，经常出席各种慈善活动。因为事业上取得的巨大成功，工作之余，他常常会被别人拉去做关于成功秘诀的演讲。

曾经有一段时间，安德鲁感到身心疲惫无力，以致忙碌的工作与繁杂的社会应酬，让他常常感到分身无术。

无奈之下，他只好把自己每天的日程都安排得满满。整日忙碌的他，就像个不停旋转的陀螺。尽管他把自己所有的时间都利用起来，甚至牺牲了休息时间和节假日，减少了和亲人的团聚时间和次数，但是时间仍然不够用。

随着时间的推移，忙碌的生活并没有给他带来巨大的成就感，与此相反的是，与日俱增的遗憾加深了他的不安感——他开始为自己缺少时间而感到深深的遗憾和焦虑。

有时，他常常在想，如果金钱可以买来大把大把的时间，那该多好啊！因为，对于他来说，他有的是美元。

为了给自己赢得更多有价值的时间，有一天，安德鲁先生突发奇想，在报纸上登出了“悬赏广告”，请别人帮他找回属于自己支配的时间。“悬赏广告”的大意是：如果谁能帮助他找到一种方法，让他拥有充足的时间做自己的事情，他愿意付给对方10万美元。

安德鲁的广告登出来后，舆论一片哗然：帮别人出个主意就可以轻松获得10万美元，太不可思议了。虽然有人怀疑它的真实性，但更多人还是决定试一试——渴望这个天上掉下的“大馅饼”能有幸砸到自己头上。于是，各种信件如雪片般向他飞来。

拆开信件，安德鲁发现，大家的方法五花八门，什么样的方法都有。有人向他提议：辞去工作，拒绝无聊的访问和邀请；有人建议他雇佣他人代他做事……

为了找到一个切实可行的方法，安德鲁请来十几个助理，按照他的要求，帮他一一进行筛选。

经过多日的忙碌，悬赏很快就有了结果。有一个人的方法，引起了安德鲁的兴趣。安德鲁决定照着试一试，然后再作决定。

安德鲁抱着试试看的态度，如约而做。试用一段时间过后，他兴奋不已——从前那个忙碌得不可开交的安德鲁忽然间不见了，他对面前的一切应付得轻松自如。

安德鲁对这个方法很是满意，如约履行自己当初许下的诺言，付给对方10万美元。

这是一个真实的故事。故事中的主人公不是别人，正是美国的“钢铁大王”卡内基。凭着这个管理时间的方法，他重新成为了自己时间的主人，事业也因此获得了更加巨大的成功。

其实，那个人教给卡内基的方法很简单，只需三步：第一，把自己要做的事情依据轻重缓急的原则，进行优先排序；第二，衡量自己的能力和努力，确定自己一天可以完成几件事情；第三，认真履行自己的安排，尤其要留心优先顺序表上最前面的几件事情，全力以赴，专心做好。

原来，一个人只有真正成为自己时间的主人，才能成为自己人生命运的舵手。而时间管理的所有秘诀，就是专心去做最该做的、经过努力可以完成的那几件事情。

等你三分钟

作家心语：人生有许多细节，看似微不足道，一旦忽视，就会造成终生遗憾。别小看人生的三分钟，关键时刻的三分钟，会改变你人生的方向，决定你人生的命运。

男人和儿子在一起，有一句口头禅：等你三分钟。

每次男人说完，儿子都是一副不屑一顾的样子。儿子斜瞥着眼，剜男人一眼，气哼哼地说，老爸，就等三分钟，五分钟不行吗？男人听了，先皱皱眉头，然后微笑着，很坚决地摇了摇头。

开始的时候，儿子把男人这句话当作耳旁风，后来就知道不行了。有一次，男人到学校接儿子放学回家，儿子下楼后发现作业本忘带了，转身上楼去取。男人望着儿子慢悠悠的背影高声喊，我等你三分钟，快点下来啊。儿子并不理会他，仍慢吞吞的。等儿子再次出现在楼下的时候，男人已经不见了，当然是超时了。儿子蹲下身子号啕大哭起来。自此，儿子开始把男人的那句口头禅当作金科玉律，严加遵守。

其实，在男人看来，这样的要求有些苛刻，甚至有些不近人情，但男人仍然坚持这样做。当然更多的时候，男人把它看作是一个模糊而积极的行为准则，比如，一份工作，别人需要5天做完，在这个男人看来，努力做只需要三天，当然就三天啦。男人坚守的是他内心认为的那个时间。为此，男人在公司升迁极快，成了大家公认的学习榜样。

父亲做得好，儿子当然也要跟着学。可是，儿子始终不理解父亲。也曾问过为什么，可男人始终笑而不答。儿子就去问母亲，搂着母亲的脖子摇呀晃呀地撒娇。母亲听了，只是淡然一笑，我认识他的时候他就这样子，没什么理由，也没什么故事。儿子当然不满意母亲的回答。问的多了，母亲才告诉一些关于这个男人的另外故事：据说，之前男人和几个姑娘谈对象，因为某些原因莫名其妙的分手了。

难道老爸是情感上受了刺激？儿子听了母亲的话更加好奇了，撇开母亲暗自嘀咕，老爸，可真是一个怪人。没事儿的时候，儿子也偷偷琢磨老爸那句口头禅的深意，渐渐也悟出几分做人的道理，导致他的学业成绩喜人。但是，儿子始终认为，这句话背后一定有一个动人的故事。

儿子18岁那年，有一天，男人告诉儿子要带他坐火车远行。儿子听了欣喜若狂。

那天，男人带儿子坐火车来到一个偏僻小镇。下了火车，站在一个小站的入口处，望着轰然驶去的火车，男人对儿子深情讲述起来。

男人说四十年前，一个男孩随父亲坐火车去远方看望一位亲戚。火车行至中途，他忽然想大便。那天，父亲皱着眉头用手指了指火车上的卫生间，对他说，去那里解决就行。可他蹲在那里，半个小时过去了，愣是没拉出来。从里面出来的时候，他脸红红的，沮丧极了，哭丧着脸对父亲说，在野地里拉习惯了，在这里拉不出来。父亲看了看他，跺了一下脚，拉着他的手急匆匆去找乘务员。一个女乘务员接待了他们，告诉他们，再过10分钟，火车要在前方一个小站停5分钟，到时候，就在那里下去解决吧。父子听了十分高兴。

10分钟过后，火车果然在一个小站停了下来。其实，那称不上小站，不过是荒野里一个小路口而已。火车一停下，几名背旅行包的旅客就排在车门口，拼命往上挤。父亲看着，着急得直瞪眼睛，抱着他从车窗口直接跳出来了。一边抱他，一边冲他大声说：火车只停5分钟，我等你3分钟，拉完了赶快回来啊！

那一刻，他早已憋不住了，哪还顾得上应一声，一着地就飞快地跑下铁道，闪身钻进玉米地里。刚脱下裤子，他不自觉地回望了一眼，结果便看见火车车窗口一张男人的脸——咧着嘴，不怀好意地冲他笑。他的脸腾地就红了，提上裤子，拼命往玉米地深处钻。那天，他跑了很远才停下来，转回头，发现看不见人影了，才又蹲下身子。

恰在此时，一声长长的火车鸣笛声，从远方传来，然后就是火车咔嚓，咔嚓，咔嚓咔嚓，咔嚓咔嚓的声音——火车已经出发了。

爸爸，等我，爸爸，等我……

他急得哭喊起来。可是，始终听不到父亲的回应声——那一刻，父亲的呼喊声被火车震耳欲聋的声音淹没了。

后来，男孩被当地一户人家收养了。15岁那年，按照童年的模糊记忆，他偷偷跑出来，坐上一列火车去找寻自己的亲生父母，可是一下火车，他就傻眼了——茫然四顾，他不知道该去何方。那次，他灰溜溜地坐火车原路返回，回到家后，挨了养父养母一顿臭骂。20岁那年，他利用大学整个暑假的时间重新出发，经过一番周折，终于找到了生养自己的小村庄。

一切都已物是人非。

大雨倾盆的午后，他站在一座破败的土房子前面，失声痛哭。泪水和着雨水，将他的心浇得冰凉冰凉。听村里老人讲，父亲将他丢失那年，也曾多次沿途找寻，可都一无所获。不久，父亲就抑郁而死了，而母亲则另嫁远方。

讲到这里的时候，男人揪着自己的头发泣不成声。男人说，等你3分钟，就是3分钟，你为什么就不遵守呢？为什么呢？……

为失败做好准备

作家心语：亡羊补牢与未雨绸缪，同是解决问题，效果却天壤之别。所谓一帆风顺的人，是处处为未来积极谋划的人。目光长远，才能决胜未来。

2007年12月，李嘉诚在接受《商业周刊》访谈时坦言，作为华人首富，他事业长青的秘诀并非比别人成功的次数多，而是比别人失败的次数少。

"想想你在风和日丽的时候，假设你驾驶着以风推动的远洋船，在离开港口时，你要先想到万一悬挂十号风球（香港以风球代表台风强烈程度，十号相当于强烈台风），你怎么应付？虽然天气蛮好，但是你还是要估计，若有台风来袭，在风暴还没有离开之前，你怎么办？我会不停研究每个项目所要面对的可能发生坏情况下出现的问题，所以往往我会花90%的时间考虑失败。"

时刻保持小心翼翼、如履薄冰的心态，用90%的时间考虑失败，是李嘉诚事业取得一帆风顺的主要原因。

无独有偶。据说，永和食品董事长林炳生经营生意之外经常要做的一件事情，是从一层楼的高度上跳下来，练习摔倒。

正是这种练习，让林炳生受益匪浅。通过不断练习，林炳生掌握了丰富的跌倒经验。他说，在跌倒的练习中，他学会了跳下来如何做前滚翻、后滚翻或侧翻，并试图从中比较、得出哪一种摔法会让自己受伤最小。

正是因为常备忧患意识，靠着稳扎稳打的策略，林炳生把永和豆浆从台湾一家小门店做到了年销售额20亿元的国际知名快餐品牌。

为失败做好准备，正是李嘉诚和林炳生的成功秘诀。

当大家都在为这个“美丽的错误”津津乐道时，也有许多热心网友正在为女孩子是否会因此被公司开除而担忧。很快，富士康公司给出的答案是“不会开除”，但他们会尽快采取措施，以避免此类事件的再次发生。在他们看来，整个事件不过是一个“美丽的过失”而已。

梁朝伟，助人无痛情义深

作家心语： 真正的友谊体现在患难之中、危难之际。这是一种抛开利益纠葛的人性之美。

《赤壁》是吴宇森导演回归华语影坛的首部古装巨制。可自开拍以来就风波不断。

影片开拍的第一天，饰演周谕的周润发就因某些原因而辞演。这突如其来的变故让吴宇森一时措手不及，同时也让他产生非常强烈的挫败感。临阵换角，而且是换主角，一向是拍片的大忌。可事到如今，去哪里找一位演员能马上顶替上去呢？这件事情一下子就难住了他。原来一向快乐的吴宇森，忽然就变得沉默寡言起来。剧组每停下一天就会多支出一笔庞大的开支，这件事情容不得半点耽搁，必须马上解决。

正当他骑虎难下愁眉不展的时候，他忽然接到了一个意外的电话。电话是梁朝伟打来的。他和梁朝伟是好朋友，这个电话让他既高兴又惊奇。

他知道刚刚拍完《色戒》的梁朝伟，身心疲惫，此时正在家里静养。这个时候打电话会有什么事情？

在他疑惑不解时，电话那头的梁朝伟先开口了。他关心地问，现在有什么事情需要我帮忙吗？

这句话一出口就让失落苦闷的吴宇森倍感温暖。吴宇森有些激动，就和梁朝伟聊了一些剧组里刚刚发生的事情。之后，他小心翼翼地问，你可以来演周谕吗？

其实这样的要求会让梁朝伟感到有些为难。众所周知，之前，因为档期的问题，梁朝伟刚刚辞去了该片中诸葛亮一角。所以，他不敢奢望他会答应。

电话那端，梁朝伟踌躇了许久。

令吴宇森没有想到的是，经过一番慎重思考，梁朝伟还是爽快地应承下来。救场如救火，梁朝伟的救急行为让吴宇森轻轻松了口气，紧锁的眉头也终于可以舒展一下。可之后，梁朝伟的一些做法，让吴宇森感到更加温暖和感动。

为了拍《赤壁》，一向喜欢喝酒的梁朝伟，为了适应极端的天气，保留体力，更好地演好角色，拍摄期间竟然滴酒不沾。

还有一次，在拍摄现场，天气格外炎热。当时，气温几乎达到了40℃，穿上盔甲戴上头盔，那就更加炎热了。那天有梁朝伟好几场戏，在拍摄完他的一个镜头后，导演决定带领摄像去拍别的镜头。可奇怪的是，穿着笨重盔甲、汗流满面的梁朝伟，并没有立刻离去休息，而是满身戎装地在片场等戏。

吴宇森看在眼里，疼在心里，看着梁朝伟辛苦的样子，心里很不是滋味。他就走过去劝他，你的镜头几个小时后才拍，你就到车里先休息一下吧！盔甲穿在身上很热的，你可以脱下来，凉快一下。可梁朝伟却坚决地摇了摇头。

导演走后，转过身去看，看见梁朝伟并没有离去。他就待在片场，和朋友闲聊着，继续耐心地等戏。

这件事情让吴宇森十分感动。他明白他的意思——如果他脱去了盔甲，别人也会脱去，他离开了，别人也会离开。可这么宏大的场面，工作人员和演员常达千余人，如果没有大家的通力合作，拍摄就不能顺利进行。他这样做，是想给大家做一个吃苦耐劳和顾全大局的榜样。

梁朝伟为人处世的方式让吴宇森倍加赞赏。从他身上，吴宇森看到的是一个优秀演员难得的谦逊、自制、仁爱与侠义。

将道歉进行到底

作家心语：一个高尚的人，必然是一个崇尚美德的人，追求美德的人。同时，美德也成就高尚的人。

2010年12月19日下午，《艺术人生》十年庆典暨“温馨—2010”特别节目在京录制。于丹、董卿、葛存壮、刘岩、童安格等嘉宾应邀来到现场，讲述他们和《艺术人生》的十年故事，央视著名节目主持人崔永元也在应邀嘉宾之列。

当天下午的节目录制现场，崔永元以评论嘉宾身份亮相时，他上台后的第一件事不是别的，而是当着大家的面，给朱军鞠了一个90度的躬，并诚挚地说：“几年前我犯了错误，我已经通过微博道歉，但还不够，现在我正式道歉。”面对突如其来的此景，朱军愣了几秒才反应过来，然后真诚地说：“朱军没有你说的那么大的胸怀，但也从来没怪过你，小崔说的话，是媒体人的自律和责任。他不该道歉，也不必道歉，但他做了，所以崔永元就是崔永元，我也要说谢谢你。”随后二人相视而笑、击掌言和。

崔永元与朱军的“误会”还要追溯到5年前。

2005年，崔永元在一次接受采访时说：“我们台一个主持人在做谈话节目，采访一个艺术家，这个艺术家很投入，很忘情，主持人也在现场号召大家向他学习。这个主持人出来后却说：‘这傻×今天真配合。’”说完后，崔永元还很愤怒地表示：“有些人根本不配当主持人，他们没有这样的人格。后来我在看这个节目时，那个主持人在哭，我就想呕吐，太恶心了！”

虽然当时崔永元并没有指名道姓，但是由于他的描述过于含混，引发大家胡乱猜测，而媒体普遍将矛头指向了《艺术人生》的主持人朱军。面对突如其来的铺天盖地的猜测和非议，朱军百口难辩，异常苦闷。有很长一段时间，朱军被推置风口浪尖，承受了巨大的精神压力。为了此事，朱军后来还专门找了台长。

时隔5年，朱军对此事仍然无法释怀，每每谈及，依旧不能平静。2010年，朱军接受了一家杂志采访，再次谈及此事，他说，这是他目前为止承受的最大的委屈——当时为此痛苦了半年，这个波澜大概一直延续到了第二年的春节前后，很多人因此怀疑到我的人格，那段时间觉得挺痛苦的，觉得好像被别人侮辱了。即便时隔5年，我依然觉得有一份委屈。因为它毕竟历时那么长一段时间。

后来，崔永元无意中读了这篇采访报道，一时百感交集，夜不能寐，对自己当初犯下的错误造成的巨大伤害，愧疚不已。11月9日凌晨四时，天还没亮。心绪难平的他，打开电脑登录自己的微博，诚恳地公开向朱军致歉。他在微博中这样写道：“看了《南方人物周刊》对朱军的采访，很受感动和启发。对我当年过于含混的描述，使朱军饱受误解受到无端伤害深感歉疚！现郑重向朱军及家人鞠躬致歉！学习朱军的抗压能力和宽广胸怀。”

崔永元道歉的行为得到了广大网友的支持，短短3个小时，回复已经超过了100条。网友纷纷表示，他能主动道歉，承认自己的失误，同样也是一种大度的表现。

不久，朱军作了积极回应，对于崔永元的公开致歉，表示接受。此后，两人还在微博中互相加了关注。后来，朱军获得了“年度魅力人物之亲和之魅”的奖项，他却把功劳归功于崔永元，他说：“今天获奖还要感谢一个人——崔永元，是他前段时间的公开致歉让人们化解了误解……吾兄小崔，让我们今生好好做回朋友！”

从朱军的话语中，我们已经可以读出他的真诚和宽容。大家也都接受了“他们和好如初”的事实，但崔永元还是觉得道歉的力度不够，无法释怀内心的愧疚，于是决定通过媒体，在更加公开透明的场合，表达自己的歉意，于是就出现了开头一幕。

对于崔永元在节目中的公开致歉，朱军不仅诚恳接受，还表现出了巨大的敬意。他说：“其实小崔的这个行为让我真的很佩服，并没有几个人可以做到这样，他完全可以私下跟我说这件事，但他选择了在这个舞台上，向广大观众这样说，我想这就是崔永元，这就是他的性格。”

知错能改，善莫大焉。如此高调的道歉行为，作为一个公众人物来说实在难得——它不仅需要是发自肺腑的真诚，还要有莫大的敢于担当的勇气。

你也可以做一只改变世界的“蝴蝶”

作家心语：不抱怨，不等待，不依赖，改变世界从改变自己开始。初始条件下一个十分微小的变化经过不断放大，对其未来状态会造成极其巨大的差别，这就是有名的“蝴蝶效应”。应该相信，在社会生活中，每一个人都可能成为那只引起飓风的“蝴蝶”，关键是有没有将国家责任、社会责任作为已任的信念与决心。

2008年1月8日，武汉市冰天雪地、天寒地冻。712路公交车中途几次停留，行至武昌徐东站时，车厢内已经变得拥挤不堪。这时，上车的乘客中，一位头发花白的老人吃力地挤上车，跟着人流往车里走。车厢里的座位早已坐满，没有座位的乘客便站在过道上。

“爷爷，这里坐！”

一个中学生模样的女孩子起身给老人让出了自己的座位。一路上，老人感动不已，临下车时，他找女孩子要了她的联系方式，并告诉她他姓聂。女孩子只是笑笑，在她看来这是自己应该做的，让座是再平常不过的事了，她就没把这件事放在心上。

1月22日，班主任张老师将一封信和500元钱交到女孩子的手中。女孩子莫名其妙地拆开信读："是你的让座，一声亲切的'爷爷'，让我感动至今……"信中，姓聂的老人承诺，每月资助她660元，直到大学毕业。这封信，把女孩子惊呆了。从小爱看童话故事的她怎么也没想到，美丽的童话有一天会真的发生在自己身上。

这个童话故事中的女主角叫欧阳晨晨，是武汉市东湖中学高一年级的学生。那天下午放学，她坐712路公交车去姨妈家取东西，无意识地做了一件好事——让座，没承想创造了一个关于爱的奇迹：她给老人让了一次座，而老人却要资助她上7年学。给自己让座的那天晚上，66岁的退休工程师聂爷爷难抑自己激动的心情，拨通了欧阳晨晨家里的电话，向其家长表示感谢。次日早上，他又赶到东湖中学，找到欧阳晨晨的班主任了解情况，当他得知来自低保家庭的欧阳晨晨成绩优异时，聂老动心了，立刻决定资助这个爱心女孩——从欧阳晨晨读高一至上大学的这7年，他将每月资助660元钱，直到她大学毕业找到工作为止。

这个故事到此似乎应该结束了——爱的付出得到了爱的回报。但谁也想不到，很快，这件爱心故事刮起了飓风，引发了全城的爱心接力。

很快，当地媒体报道了这个爱心故事，"晨晨让座"意外得到好心人资助的事情很快在武汉市传开了。武汉市武昌区教育局号召全区中小学生加入到向欧阳晨晨学习的队伍中来，并倡议以"晨晨让座"事件为契机，在武汉市设立"公交让座日"，号召大家一起为武汉市的精神文明建设作出自己的贡献。"晨晨让座"在广大市民中也引发了强烈反响，许多市民都表达了对这种文明行为和爱心接力的认同，纷纷提议设立武汉市"公交让座日"。

2008年5月，武汉市公共交通集团公司将1路公交车命名为“晨晨爱心线”，请欧阳晨晨作为该线路的爱心大使，希望“晨晨爱心线”上的乘客都能像欧阳晨晨一样，将文明之风传递下去。

2009年4月22日，武汉市正式设立“公交让座日”，近千名志愿者走上街头，发出“让出一个座位，献出一份爱心，温暖整个车厢”的倡议，引导市民文明乘车，爱心让座。

2010年9月，中央电视台做了一期关于公交车上该不该让座，又该怎样引导人们积极主动让座的专题节目，引发了关于让座的一场大讨论。对于如何让座问题，有人建议制定相应的法律，规范人们的行为，有人建议建立相应的奖励机制鼓励让座行为……但这些提议不是因为将“道德问题法律化”就是因为难以操作，被专家一一否定了。后来，一位社会学家的话，引发了人们的一致认同和深思：从自己做起，影响别人，改变世界。“蝴蝶效应”告诉我们，只要改变自己，就可能改变世界，欧阳晨晨的故事不正说明了这一点吗?

所以，别期待别人，别期待社会，你也可以做一只改变世界的“蝴蝶”。

等你长大了，再来看我的电影

作家心语： 心中有爱的人，是温暖的人。爱在传递过程中，会被不断放大，由涓涓细流变成滔滔江水。这种爱，有时会是一句简单的问候，有时会是一个诚恳的建议。但是，在微小的举动之间，折射出的是人性的光辉。

李连杰在世界电影界被誉为“功夫皇帝”，全世界有他数以亿计的影迷。然而，他不仅仅是人们心中的偶像，还是一个有良知负责任的演员。

当年，李连杰独闯好莱坞，事业上渐渐有了起色。美国许多人开始崇拜他，特别是那些年轻人。他们争先恐后地抢看他在电影中的精彩打斗，只要是他出演的电影，每部都十分卖座。

后来，又有一部李连杰主演的电影上演，他在电影中同样有着出神入化的武功和精彩绝伦的表演。这时，在美国，有一个母亲打电话过来，对他说：“我的儿子对你崇拜得不得了，他要我一定带他去看你的新电影，你说，我要不要带他去看？”

李连杰这样回答：“不，现在不要，等孩子大了，有了分辨能力后再看吧。”后来，他在自己的网站主页，公开发表了一封信，进一步阐明自己的观点：他主演的这部影片，有过多打斗的镜头，属于成人电影。这些有着暴力倾向的电影并不适合孩子们观看。今后当他专门拍一些给孩子看的电影的时候，再让孩子们看吧。

这封信公开发表后，舆论一片哗然。影视界的同行都为李连杰的所作所为感到惊讶和不解。在好莱坞这个竞争激烈的圈子里，大家都在争相宣传自己，想让更多的人来看自己的电影，可从来没有一个明星站出来，公开反对人们看自己的电影的。整个舆论界也都被他搞懵了——你先是召集我们过来宣传你的电影，今天你又公开反对青少年看你的电影，你到底要怎样？

于是，当时许多记者采访李连杰的第一个问题，几乎都是：这样做，你知道后果吗？

这时，李连杰的老板也打电话给他，质问他：你到底想做什么？你知道你这样做的后果吗？赶快撤掉你在网站里的相关言论。很明显，他的言行很可能顷刻间葬送他之前的所有努力。大家都在为他的前程担忧。

很快，李连杰就给老板回复。而他的回复是：我可以把我在网站里的这些言论从网站主页放到副页，但我不会撤去——这是我做演员的一个原则。

从十几岁从影以来，李连杰主演过无数的英雄角色，在电影银幕上有着精彩绝伦的功夫表演。这些电影影响着一代又一代的青少年。可作为一名武打演员，他始终没有忘却自己的良知，他知道自己主演的一些电影有着暴力色彩，所以，他要站出来公开反对未成年人观看。

但李连杰更清楚，公开反对是不够的，因为你并不能真正根除它。所以，他还利用一切能利用的机会，在电影中以及电影外，向人们宣扬他的武术哲学——你用暴力可以征服人的肉体，但你征服不了心；世间最厉害的武器是什么？是“微笑”。武术家最高境界的是什么？是“爱”——爱你的朋友，爱你的家人，爱你的城市，爱整个人类，你将没有敌人，你不需要再用武功征服任何人，因为全是一家人。

李连杰这样做，只是想告诉人们武术家应该坚守的道义，只是想把人们的心灵，从表面的暴力打斗引导到善的大境界中去。因此，他拒拍电影《黑客帝国》，而去拍《英雄》和《霍元甲》。

李连杰的这些做法，之前很少有武打演员做过。后来，曾有人对他说，作为一个演员，你演好自己的角色就可以了，其实完全可以不做这些的。可他说，他必须这样做，因为，这是他做演员应尽的责任，他要用实际行动去爱他的朋友，爱他的影迷，爱整个人类。

老师是一道门槛

作家心语：不给人生设限，更多指的是上限，而不是下限。起点的高度，从一定意义上讲决定了人生的高度。起点越高走得越远的道理，想必每个人都能明白。所谓的标杆，更多意义上指的是那些有高度的人与事。拔高自己做人做事的标杆，从高度上获取成功也是一条捷径。

居伊·德的母亲，在他很小的时候就对他进行文学启蒙教育。为了让儿子能在文学方面有所建树，她还通过引荐，结识了法国当时著名的大作家居斯塔夫，让儿子拜他为师。

这位大师级的老师，对居伊·德的要求极为严格，甚至谈得上是苛刻。

有一次，居斯塔夫对居伊·德说，你去巴黎第九大街，在第二个十字路口向左拐，看看路右边的第一个人是谁？居伊·德来到路口，远远看到一座老妇人的雕塑，就赶回来告诉老师说，是一个老太婆。老师听了摇摇头，不满地说，你看到的别人也能看到，你再去瞧瞧是一位什么样的老太婆。居伊·德不得不又来到路口。这次，他走近雕像进行观察，回来告诉老师说，那个老太婆很脏，满脸灰尘，头发乱得像鸡窝。老师听后，微笑着说，有进步，但你看到的东西别人还是可以看到的，你应该用你的第三只眼睛去看，看到别人没有看到的东西。居伊·德只好第三次来到路口。这次，他非常认真和仔细地观察起来，回来后兴奋地告诉老师，我看到了那个老太婆的鼻子，是世界上最蹩脚的木匠随便拿了一块木头削了一块安在她脸上的。这个时候，居斯塔夫的脸上才露出难得的满意的笑容。

为了培养居伊·德的观察力，居斯塔夫还不断想出新的方法进行训练，如要求居伊·德骑马出去跑一圈，一两个钟头之后回来，然后把自己的所见所闻统统记下来。居伊·德后来按照这个办法，锻炼自己的观察力长达一年之久。

随着写作训练的逐渐深入，居伊·德的写作水平突飞猛进，他的作品让同行看来，许多已经高不可及，完全可以拿出来发表，其中很多作品还得到了老师的赞赏。可居斯塔夫还是劝告他，先不要急着发表。

1875年，25岁的居伊·德背着老师，偷偷公开发表了自己第一篇小说《人手模型》。这是一篇构思奇特的小说，杀人犯的手做成的模型复活了，而且重又图谋不轨，最后“断手再植”，方才平静下来。作品发表后，许多人读了都赞叹不已，可居伊·德还是受到了老师的严厉批评。居斯塔夫郑重地对居伊·德说，我是一道门槛，你只有从我这里跨过去，才可以走向外面。

老师的话让居伊·德有些伤心，但他还是遵照师命，在之后的4年里潜心练习，不再去想发表作品之事。而之前那些已经写好的作品，他统统束之高阁。

1879年，居伊·德和自己的朋友在一次文学沙龙活动中，各自讲了一个故事，随后，他就自己所讲的故事写了一篇小说。写完后，他小心翼翼地拿给老师审阅，等待老师的批评与指点。数日后，居伊·德怀着忐忑不安的心情去见老师。老师看到他后，却一反常态，欣喜若狂地拉着他的手，激动地说："祝贺你，你的文章成熟了，可以面世了。"

这一年，居伊·德已近30岁。而他之前为此在写作上所做的努力已经长达十多年。

1880年，居伊·德写的这部作品入选了《梅塘晚会》，在法国文坛引起轰动，尤其是书中他所写的那篇作品，更是令人赞不绝口。一夜之间，居伊·德蜚声巴黎文坛。

这是一个真实的故事。居伊·德就是法国后来著名的大作家莫泊桑，居斯塔夫就是他的恩师——著名作家福楼拜。而被老师福楼拜首肯的那篇作品，是莫泊桑的成名之作《羊脂球》。

以“有智慧、有尊严”的方式自救

作家心语：不轻易求助别人，是对自我的尊重，也是对他人的尊重。不轻易把伤口示人，选择有智慧、有尊严的方式自救，让我们看到了人性坚韧的一面，是一种真勇敢、真担当。

家住河南省洛阳市涧西区周山路的朱宏艳，是一个不幸的人，她自幼体弱多病，6岁起就开始莫名的流鼻血。而发烧、感冒之类的小病，对她来说就如同家常便饭，三两天就要发作一次。父母的工资基本上都花在给她看病上。

因为身体的缘故，她高中没有毕业就回家养病了。因为身体太过虚弱，还常常在行走的路上晕倒，今年已经36岁的她，没有任何工作经历，几乎连门都不大出。中间几次别人为她介绍对象，都因为身体缘故，全部告吹。

2007年11月，朱宏艳再次发高烧，而且持续不退，任何药物都无济于事。她被送到医院检查，检查的结果令所有在场的人都感到震惊——她竟然患上了慢性粒细胞白血病。

医院的诊断如晴天霹雳，吓坏了朱家人。医生建议朱宏艳立即住院接受正规治疗，否则，后果不堪设想。可朱家为给朱宏艳治病，早已一贫如洗。为了女儿，朱宏艳的父母不得不再次四处奔波，筹措治疗费。因为家庭拮据，朱宏艳只能接受维持性的门诊治疗，一年之间，陆续花去10多万元。

2008年的朱宏艳，病情已经发展到了很严重的地步。她面容枯槁，憔悴不堪，连五官都变了形。一年多来，她躺在病床上，无法下地，生命随时都有可能被病魔夺去。

在死神面前，朱宏艳曾经流过无数次的眼泪，还动过轻生念头，但最终，她选择了向命运抗争的道路。面对高昂的治疗费，朱宏艳没有被吓倒，也没有坐以待毙，而是决定选择一种有智慧、有尊严的方式来拯救自己的生命。

2008年9月的一天，朱宏艳突发奇想：为何不策划一场群星演唱会来自救呢？对于女儿的这个不着边际的想法，家人没有阻止，而是觉得，成败并不重要，只要女儿快乐就好！

之后，朱宏艳开始了艰难的自救之旅。当时，四肢浮肿的她，连行走和写字都极不方便，而且她与社会接触极少，类似的策划也从未碰过。策划一场演唱会，对她来说，几乎是一个不可能完成的任务。但事情总有转机，之前，朱宏艳在网络上认识的一位音乐界的朋友，此时帮了她的大忙。很快，对方发来一份明星演唱会的策划样本，照样子，朱宏艳开始了艰难的策划之旅。

一周过后，由朱宏艳策划的“2009年万星同辉群星演唱会”方案书，终于艰难收笔。这份长达28页的方案书，内容翔实具体：从广告赞助，到演唱会如何冠名，以及如何进行广告宣传、如何售票、如何回报赞助单位等内容，她都一一做了具体安排。此外，她还根据自己对娱乐圈的了解，列出了计划邀请到场的明星名单：李宇春、黄家强、叶世荣、“至上励合”组合……在这份长达28页的方案书中，朱宏艳唯一没有提到的就是自己的报酬。在她看来，“不用想那么多，只要有人愿意出资举办演唱会，事成后，想给我多少，就给我多少”。

策划书完成后，朱宏艳开始寻找合作伙伴。她先给相关的企事业单位一一打去电话，甚至拖着虚弱的身体，亲自登门拜访。令她失望的是，最初，没有一家单位明确答复投资举办这场演唱会。

10月7日，在她执着的努力下，事情终于出现了转机——西工区悬浮音乐教育咨询中心总监戴维，在阅读了她的方案书后，饶有兴趣地答应与她面谈。两天后，双方如约在离朱家不远的地方见面。一见面，朱宏艳就开门见山地道出自己是白血病患者的事实。戴维一下子全明白过来，这哪里是做生意，这分明是在自救呀。朱宏艳的不幸遭遇，令戴维动容，她执着自救的精神也深深震撼了戴维。戴维当场表示，要尽力帮助她实现愿望，力争把演唱会办成，让她把治疗费筹够。

仅凭悬浮音乐中心是无力完成演唱会投资的，此后，朱宏艳又四处联络，寻求合作。很快，洛阳市同辉文化传播有限公司也加入了进来。不久，双方正式签订协议与授权书。

按照协议，如果演唱会达到预期市场效果的话，朱宏艳将会获得100万元左右的酬劳，支付治疗费，应该是绰绰有余。朱宏艳仿佛忽然间一下子抓住了救命的稻草，她激动地笑了。——在保持人格尊严的同时，她终于运用自己的智慧，为自己争取到了一个自救的机会。

经过商讨，这场演唱会暂定名为“2009群星跨年演唱会”，时间初步定于2009年12月28日，刘若英、小沈阳等明星都在计划邀请之列。

11月1日，演唱会组委会正式成立，洛阳市品逸文化传播有限公司也加入其中。很快，演唱会的筹划工作开始正式启动：前期赞助项目紧锣密鼓地落实，演员预订、户外广告、媒体宣传、网络推广等工作，也在有条不紊地进行。

但就在此时，朱宏艳的病情进一步恶化：肝脾肿大，双肾积水，重度贫血，周身浮肿。对朱宏艳来说，时间真的不多了。

2009年12月28日一整天，朱宏艳的心情都在激动着。晚上7时30分，由她策划的“2009爱的力量洛阳群星演唱会”，在洛阳市工人俱乐部上演，千余名观众共同见证她的梦想变成现实。

这是一场以爱与生命为主题的演唱会。但因为种种原因，这场群星演唱会并没有达到预期的市场效果。虽不能给朱宏艳筹到预期的治疗费，但朱宏艳还是为此感动着。

演唱会举办之前，朱宏艳已经深深感受到来自社会各方的温暖：有市民报名去给她当演唱会志愿者；有公益团体在街头为她连续举办小型慈善义演；有陌生人从外地给她寄来治疗费；国内多家网站，对她的遭遇与自救行为进行关注，很多网友敬佩她的勇敢和不屈服，鼓励她继续努力，去实现关于生命的梦想，还有一些热心网友在网上联名发帖，呼吁大家为朱宏艳“来一场爱的接力”。为此，她填写了一首《爱的力量》来表达自己的感恩之情，歌词中这样写道：我真的不想这样，就在这里等待死亡，爱是浩瀚的海洋，有你们就有太阳，这就是爱的力量，在我身边闪闪发光，你们给了我希望，我要放声歌唱，放声歌唱……

她说，演唱会的意义远远超越了它能够带给她的报酬，给予她更多的是一种精神上的力量。她坚信：只要努力，什么奇迹都可能出现。

如今，朱宏艳的病情已进一步恶化，急需住院接受正规治疗，但治疗费依然是一道迈不过去的坎。但她表示，她永不放弃，她会想尽一切办法自救。下一步，她打算写一本书来为自己赚取治疗费，书名就叫《一百天的梦》，记录她从策划演唱会以来的所有心路历程……

为梦想而嫁

作家心语：有梦想的人，人生会熠熠生辉。嫁给梦想的人是幸福的，但也是可悲的，特别是引人走向歧路的梦想。树立梦想之前，要学会审视，把自己的人生建立在正确的坐标之上。

玛丽·托德出身于一个显赫的门第——托德家族。曾祖父是一位美国独立战争时期战功显赫的将军，而父亲则是少校军官和银行家。优越的家境让玛丽得以接受良好的高等教育，并使她的生活与社会高层的权贵有了不可分割的联系。

少女时代的玛丽，是一个爱出风头、活泼大胆、做事泼辣的女孩儿。她是家族子女中最有抱负的一个孩子，自幼就对权力极其崇拜，而她一生中最大的愿望，就是做美国的第一个女总统。

1839年，风华绝代已经21岁的玛丽，在接到姐姐的一封来信后，心花怒放，激动不已。随后，她找了个理由辞别了亲爱的父亲和不睦的继母，只身来到边疆——斯林菲尔德。年轻的玛丽为什么会突然做出如此大胆的决定呢？原来，这位伊利诺伊州州长儿子的夫人，在信中除了嘘寒问暖之外，还向妹妹透露了一个好消息：这里正在形成一个新的政界群体。玛丽当然为之所动——她要到那里寻找属于自己的幸福，并为实现她的人生梦想而“奋斗”。

到斯林菲尔德之后，玛丽先入住在姐姐家。在姐姐和姐夫的帮助下，开始四处结识当地的政界要员。而这些人中，不乏年轻未婚而才华横溢的青年。

在第一场舞会上，玛丽就以典雅大方的气质紧紧吸引住了众人的目光，成为一道最亮丽的风景。大家发现，舞会中突然闪现出了一位年轻漂亮的贵族小姐。她皮肤光洁柔滑，美丽的长发漂亮地打着卷，而讲究的长裙走起路来摇曳飘逸，熠熠生辉。舞池中的玛丽显得朝气蓬勃，活泼可爱，她舞了一曲又一曲，所有的年轻人都在极力讨好她，邀请她跳舞。

很长一段时间，玛丽小姐就和身边这些形形色色的年轻男子交往着。但大家都搞不懂她的心思，因为，她既不注重男性的外表，也不注重他们的风度；既不注重他们的家庭，也不在乎他们的财产。不久，她渐渐疏离了旁人，最后将目光落在了众人中最有才华的两个人身上——林肯和道格拉斯。这两个人，无一例外，都家境贫穷，出身低微。

小个子的道格拉斯，是当时的政治新星，被人们尊称为“政治小巨人”。他自信且精力充沛。一开始，就对高贵的玛丽小姐心动不已，随后就展开了强烈的爱情攻势。而生性忧郁略显自卑的林肯，却有些害羞，行动迟缓。

不久后的一天，道格拉斯只身来到玛丽门前，单膝跪地，手捧钻戒，郑重地向她求婚：“玛丽，嫁给我，你将成为总统夫人。”而玛丽看了他一眼，几乎不假思索地拒绝了他：“我会成为总统夫人的，但不会成为道格拉斯夫人。”

拒绝了道格拉斯后，玛丽开始将爱情的天平向身为律师、州议员的林肯倾斜，并以闪电般的速度和他订婚。因为，她早就看中了他那与众不同、富有智慧的头脑。

玛丽的做法，引起了姐姐和姐夫的极力反对。他们曾不满地对她说：“玛丽，你疯了？”

这位受过淑女式高等教育的贵族小姐做出的抉择，的确令所有人都惊奇不已。在众人看来，丑陋的林肯除了个子高些外，其他地方根本不能与政治新秀道格拉斯相提并论。而玛丽和林肯在一起，简直就是一朵鲜花插在了牛粪上。

当玛丽狂热地追求林肯时，事情却开始悄悄向另一个方向发展。随着两人交往的日渐深入，林肯那颗敏感的心却愈加不安起来。玛丽许多时候显得盛气凌人，蛮横无理，而且脾气暴躁。而林肯追求的是一位能够令他心生爱怜的温柔女性，显然，面前这位野心勃勃善于社交的玛丽小姐不合他意。

订婚之后的林肯，犹豫不决，内向害羞的性格迟迟让他无法开口回绝这桩婚事。其间，有一次，林肯曾经向玛丽委婉道出了分手的想法。可很快，他就收回了自己的话。因为，泪流满面的玛丽，让一向善良又富有责任心的林肯心软了。

玛丽急迫地想和林肯结婚，林肯一时又找不到借口拒绝。于是双方商定，把结婚时间定于新年的第一天——1842年1月1日。婚礼当天，这位出身名门的贵族小姐身披华衣，在人们的簇拥和赞美声中显得异常幸福。而婚礼自然是华贵丰盛，场面宏大，宾客满棚。但意外的是，新郎并没有出席。林肯托人送还了结婚协议书后，就不声不响地躲了起来。婚礼在缺少新郎的尴尬气氛中落幕。

林肯就以这样的方式，解除了与玛丽的婚约。玛丽在遭到了巨大的羞辱后，并没有太过悲伤——她先是乘火车，心平气和地出去游玩了一段时间。回来后，她依然不想放弃林肯，就在公众场合表态说，虽然发生了一些不愉快的事情，但她并不觉得林肯令人难以忍受，如果命运把他们二人拴在一起的话，她一定有办法让他们重归于好。

果然，没多久，两人在朋友的撮合下，又开始频繁交往。林肯在经历了内心的苦痛挣扎之后，渐渐平静下来。经历了几次情感失败的他，此时，对爱情早已心灰意冷，感到无路可逃。在玛丽执着的攻势下，他只好缴械投降。

同年11月4日，33岁的林肯和24岁的玛丽，在斯林菲尔德完婚。婚后，出身高贵的玛丽随林肯一同住进了简陋的廉价出租屋，过起了简单贫寒的生活。1年后，在妻子的鼓动下，林肯结束了8年州议员的政治生涯，来到首都华盛顿发展。4年后，他当选国会下议院议员。此后多年起伏不定，但在妻子的支持下，他一直没有放弃在政治上的努力。玛丽在和林肯结婚18年后，终于看到了自己人生愿望得以实现的曙光。

经过不懈努力，1860年11月，林肯成功当选为美国第16届总统。大选揭晓的当天晚上，玛丽因为抵抗不住疲劳，先回家休息了。当选举结果出来后，林肯放下一切，匆匆忙忙回到家里，激动地叫醒了正在沉睡的妻子，将这个好消息告诉了她。玛丽听到这个消息后，当即喜极而泣，泪流满面。

这位一生致力于权力追逐的女人，在那个时代，是不可能成为女总统的，但最终，她用另一方式实现了人生的夙愿——入住白宫，成为白宫的女主人。而这种令人不齿的方式，就是不惜一切，凭借执着与慧眼，为梦想，嫁给一个可以实现她人生目标的男人。

与其说她嫁给了林肯，不如说她嫁给了自己的梦想。虽然，在她的激励下，林肯最终成为了一位伟大的总统，但她也为林肯带来了23年不幸婚姻的噩梦。

人性的柔光

作家心语：一件事情，从不同角度去认识和理解，会得出不同的结论。人性也是如此，有光明柔和的一面，也有着灰暗冷涩的一面。文中的故事告诉我们一个道理，只有人性中美好的那面可以照亮世界，温暖人心。人世间正因为有了宽容和爱，才变得美好起来。

2008年8月，英国一位顾客购买了一款iPhone手机。在激活手机时，他惊奇地发现，手机里出现的竟然不是默认图片，而是一张中国女孩的照片。照片中，女孩儿身穿粉色工作服，头戴粉色工作帽，显得非常可爱，胖嘟嘟的脸上露着微笑，半趴在工作桌上，两只戴着白色手套的手向镜头做出“V”字手势。在她身后，车间的情形一览无余，有其他工作人员正在忙碌地工作。

此外他还发现，手机里关于这个中国女孩儿的照片，竟然不止一张，并且都是同样的甜美笑容。按照常规，在消费者权益保障相当严密的英国，对于这样一起质量事故，拿到被用过的手机后的买主一般会愤怒地去要求退货，甚至要求赔偿。但是，他却没有这么做——那张笑脸，深深打动了他。

带着巨大的好奇心，他把这些照片上传到网上与其他网友分享，没想到竟引起轩然大波。短短几天时间，这个无名女孩迅速走红互联网，被人们称作“中国最美打工妹”。

有网友在留言中开玩笑说，他们在考虑将自己的手机退回厂家，因为他们的手机上没有这名女孩的照片。

很快，照片从海外流传到国内，国内外都相继开出以“iphonegirl”命名的网站，搜索讨论该女孩的情况。

事情很快就有了眉目，原来该照片之所以被存入手机中出售，是因为负责iphone手机加工的深圳富士康公司手机检测人员工作疏忽所致。这名女工当时向正在检测手机拍照功能的同事笑了一下，结果被同事拍了下来，而这位同事忘记删除手机里的照片，之后便销售了出去。

面对这个意外错误，国内很多网友给予的是正面积极的评价：女孩的微笑已定格成永恒的美丽；让海外顾客了解到他们手上的产品是谁付出的劳动，也未尝不是好事……一位上海网友则表示：“这是我们一线工人的笑容，从她的笑容里，可以看到中国人的乐观与豁达！”而署名Chris Meadows的网友甚至表示：“如果我知道iPhone在发售的时候会奉送一张可爱的女孩照片，我不介意额外掏些钱（当然要是有电子邮件的联络方式那就更好了）。”

当大家都在为这个“美丽的错误”津津乐道时，也有许多热心网友正在为女孩子是否会因此被公司开除而担忧。很快，富士康公司给出的答案是“不会开除”，但他们会尽快采取措施，以避免此类事件的再次发生。在他们看来，整个事件不过是一个“美丽的过失”而已。

此后，有网民建议富士康科技集团将这位女孩命名为iPhone大使，因为她的微笑显示枯燥乏味的流水线工作其实也还是蛮有趣的。

有学者出来发言，认为，如今产品在进行广告宣传时，多喜欢用一些漂亮的女性进行代言，想告诉用户他们的产品是美丽的。然而，却很少有厂商对产品的生产者进行宣传，而这起事件给出的启示是：那些生产者不仅外表美丽，从她们的笑容中，也可以看出她们的心灵也是美丽的，如果在进行广告宣传时加以引用，也算是对产品的一种增值。

而社会学家认为，该女工美丽的笑容告诉世人，他们的努力工作正在为全球经济作出巨大贡献……

整个事件中，我们看到的不是惩罚与不满，而是宽容与微笑。整个事件，让人们充分感受到的，是来自人性的柔光。

爱是一束圣洁的光

作家心语：身份卑微的人，灵魂不见得也卑微。神圣的爱可以赋予灵魂神奇的力量，让一个身份卑微的人展现出崇高、伟岸、光芒四射的一面。

2011年2月15日晚，“2010年度感动中国十大人物”名单揭晓，获奖者中有一个瘦弱的身影，她叫刘丽。这个来自厦门的普通打工妹，有一个美丽的称号——中国最美丽的洗脚妹。

刘丽用自己心中的大爱，谱写了一曲曲动人的乐章。许多人，在了解了她的事迹后都感动得落下眼泪。

刘丽出生在安徽省颍上县一个农民家庭，属于“80后”人群。少年时候家里贫穷，全家人曾拥挤在一个土坯房中生活。一场暴雨过后，破旧的土坯房倒塌了，因为没钱维修，一家人只能住在临时搭建的棚子里艰难维持生活。家里有五个孩子，刘丽排行老大，照顾四个弟弟、妹妹的重担几乎全落在了她一个人的肩上。她每天的生活极为忙碌——吃了早饭去上学，放学回来就要带弟弟，在家里还要做饭、洗衣服。但是就在这样的环境中，刘丽的学习成绩却很优秀，在小学毕业考试中，她考了个全乡第四名。

到了中学一年级的时候，家里已经极度拮据。爷爷肝腹水去世，爸爸也患病在身，家里生活陷入困境之中。第一学期，因为没有钱交学费，爸爸把家里留下的一袋豆种都给卖了，学校又给免了50块钱，才又勉强读了一学期。等到第二学期又要交学费的时候，爸妈就在私底下和她商量："你是长女，成绩好，继续上初中，妹妹退学。"她听到后心里特别不是滋味，挣扎了几天，最后还是忍痛决定把机会留给妹妹——她觉得，自己不上学只是一个人的遗憾，否则，是两个妹妹全部失去希望。辍学回家后，每次看到同学从她家门口路过的时候，她都一个人躲到厕所里面哭。少年辍学成为她心中永远的痛。

为了供五个兄弟姐妹读书，年仅14岁的她辍学外出打工。为了挣钱，刘丽走南闯北，去过湖南、武汉等地。1999年，她随远方亲戚来厦门打工。前两份工作持续了很短时间。第三份工作迟迟没有找到时，她已身无分文，居无定所。最困难的时候，为了生存，她变卖及膝的长发。2000年，看到足浴城在招工，带着抵制心理刘丽去应聘了。当时足浴刚开始流行，在许多人的潜意识里，足浴还和"色情"联系在一起。学了一段时间，她无法接受就离开了。可不干足浴能干什么呢？后来，无处可去的她无奈之下又回到了足浴城。这次，迎接她的是钻心的疼痛，不停歇地给客人按摩推拿，手指到处都是血泡，肩膀酸得抬不起来。工作两个多月，她的手指、手腕都肿了，医生不得不给她吊上绷带。在一次次疼痛过后，厚厚的茧长出来了，慢慢克服了心理障碍后，她全力地投入其中。

打工初期，曾经因为一次内急，她满世界找厕所。后来人家告诉她，其实她一直就在厕所门口转悠，只因她不认识"WC"。这件小事一直留在她的记忆里，让她感觉到知识的重要，也成就了她后来的助学之路。

2002年下半年，她回了趟安徽老家。这时，家里的情况让她松了口气——弟弟妹妹分别读书工作，家里也盖上了新房。偶然的机会，她得知家乡有不少孩子因为家里穷，念不上书，藏在她内心深处的热情迸发了。回到厦门后，她就与家乡人士联系，开始捐助家乡的穷孩子上学，从此，刘丽走上助学之路。后来，她又深入厦门的中小学，寻找资助对象。

为了让家庭贫困的孩子能上得起学，刘丽拼命工作。她把“家”搬到了足浴城。上完晚班，几张凳子拼在一起就是一张床，眯一会儿，客人来了继续上早班。每个月，她仅仅给自己留下少得可怜的生活费，余下的大部分资助给了那些上不起学的贫困孩子。

“赚来的钱专门给别人花”，刘丽做的“傻事”让不少人看不懂，不少同事私下里叫她“神经病”。有些客人知道了她的事，也觉得她爱炒作、想出名。不仅如此，刘丽的弟妹和父母也不理解，颇有怨言。

刘丽的义举还是感动了许多人，大家都过来帮她一起做。为了把自己的爱心事业做大，她还建立三个爱心QQ群，让更多的人加入进来，帮助更多的学生实现求学梦想。如今，她的爱心事业也做得风生水起，蒸蒸日上。

8年来，刘丽资助的贫困学生有100多个。在一间用木板隔开约10平方米的小房间里，一台电脑、一张床和一个书柜是她的全部家当。在城市里买一套属于自己的房子一直是她的梦想，如今，她却将自己挣来的足以支付一套房子首付的钱，给了那些需要帮助的人。

“要什么比做什么重要，人类追求卓越的最高奖赏不是你得到什么，而是你在一路上成为什么。”这段话，是刘丽写在博客上的心灵独白。

在颁奖典礼上，推荐委员孙伟是这样描述刘丽的：刘丽以自身朴素的生活经验，坚守着善良的底线，展现了当代青年没有熄灭的“爱”的光芒。另一位推选委员王晓辉说：刘丽和她代表的“80后”女孩，是都市森林中的蒲公英，每一朵小伞上顶着一个希望的太阳，真正中国的希望将在她们脚下生根。

在给刘丽的颁奖词中，这样写道：为什么是她？一个瘦弱的姑娘，一副疲倦的肩膀。是内心的善良，是她身上有圣洁的光芒。她剪去长发，在风雨中长成南国高大的木棉，红硕的花朵，不是叹息，是不灭的火炬。

她身上有圣洁的光芒，而光芒是爱的化身。

每一个爱的梦都会飞翔

作家心语：爱会创造奇迹，爱会反哺自己。

一个年仅13岁的女孩，通过报纸向全国、全世界寻找好心人、爱心银行——她要贷款50万元，来救助一名同她没有任何血缘关系、身患白血病的大学生，为他做骨髓移植手术。

她的信很快被刊登在报纸的醒目位置上。她要贷款的事情震惊了许多人，一时间被炒得沸沸扬扬。

她也太自不量力了，自己还需要社会救助，却去贷款救助别人，就是有人贷给她50万，她有能力偿还吗？何况她还是一个13岁的孩子。

她的情况也同时被登在了报纸上——一个深居偏僻山村的贫穷家庭，父母在她幼年时就离婚了，她和父亲相依为命，可她不仅得不到父亲的呵护和照顾，反过来还得细心照顾父亲——她的父亲是一个严重的类风湿病患者，完全丧失了劳动能力。她从8岁起，就开始用自己稚嫩的肩膀挑起整个家庭的重担，做家务，照顾父亲，下地干农活。

她异想天开的想法，有人敬佩，有人赞美，有人反对，有人怀疑——这到底是不是一个骗局？而更多的人认为，这只是一个动人的童话故事，一个孩子的天真梦想、童真玩笑而已。

当人们渐渐将这件事淡忘的时候，奇迹却出现了。一个远在美国的华人发电子邮件给最初刊发这条新闻的媒体，愿意贷款给女孩3万美元，而且，这笔钱没有偿还期限。

很快，这位女士就兑现了诺言。将钱如数汇入将为男青年做骨髓移植手术的医院银行账户上。男青年的骨髓移植手术如期完成，而且非常成功，生命得以延续。

故事中的女孩名叫张海霞，男青年叫祁健。张海霞被人们誉为“最可爱的贫困山区女童”。张海霞之所以这样做，是要报恩——在男青年祁健生存无望的时候，他将最后的“救命钱”通过媒体帮助，资助给了需要帮助的小女孩张海霞。他决定每年资助她500元，直到她大学毕业。而当张海霞知道了“真相”后，她决定以自己的实际行动来帮助救助过她的好心人。于是，她写了“贷款50万还100万”的“贷款梦想信”，向社会求助。

我常常在想，那位美国华人为什么要圆张海霞的贷款梦？后来终于明白，她不仅仅是因为感动，更重要的是，她想让人们相信这样一个事实——每一个爱的梦想都会飞翔。

是妈妈，我叫她老师

作家心语：播种一个善意，收获一片善心。

“感动中国”2011年度人物颁奖典礼仪式上，有一幕，深深打动了我的心。

成都支教教师胡忠、谢晓君夫妇抛弃城市的优越生活，举家扎根边疆支教，当选“感动中国”人物。主持人介绍完他们的感人事迹后，请他们上台领奖。夫妇二人牵着女儿的手挥舞着手臂从幕后走出来，步行至舞台中央时，全场的掌声经久不息。

后来，主持人请他们坐下来。坐在夫妇二人中间的那个小女孩，很快引起了主持人的注意。主持人笑着说：“我们和你们一家人见面的时候，其实我最想跟谁说话呢？想和小姑娘说话。”

小女孩听了，羞涩的笑浮现在脸上。

“听说你还有一个藏族名字，叫什么？”主持人一副好奇的样子，问她。

“田桑拉。”小女孩回答得很爽利。

“什么意思？”主持人皱了一下眉头，一副不解的样子。

“时光。”小女孩回答得很有力，能看得出她对这个名字很满意。

“这个名字谁给起的呢？”说这些的时候，主持人偏了一下头，笑着将身子向前探了探。

“是一位藏族叔叔吧！”说完后，小女孩就笑了，笑得还很灿烂，仿佛那里面有一个传奇又美丽的故事。

原以为采访要就此问下去，恰在这时，孩子的母亲谢晓君突然接过话头。“她是三岁半进的学校。进去后呢就一直跟孩子们一块儿上课，一块儿玩耍。而且都住在集体宿舍里面。”母亲说这些的时候略有些激动，脸上也泛起几分自豪。

“她看见你的时候怎么称呼你？”主持人好奇地问。是呀，怎么会不好奇呢，是母女又是师生的关系，处理起来有些麻烦。叫妈妈吧，同学们会取笑你不懂学校的规矩，学校里哪有叫妈妈的呀，叫老师吧，连自己都会觉得口生，仿佛一下子就拉开了彼此间的距离。许多人常常在不知所措中，低头而过，缄默不语。她会怎样称呼呢？

“放假以后呢，她叫我妈妈，开学以后呢，她就叫我谢老师。”谢老师的这个回答很另类，令人意外。

“是你妈妈要求你这样的吗？”主持人转过脸，面向小女孩，进一步探寻。

“没有。”小女孩如实回答。

“那为什么要这样称呼？”主持人更加不解。

“因为如果我叫妈妈，那些孤儿就会伤心，因为他们没有父母。”

听到此，许多人都被小女孩善解人意的回答深深打动了，禁不住泪水盈眶。多好的孩子啊，多美的童心！怎么会不令人动心？

最简单的慈善

作家心语： 慈善没有穷富，也不分多少，慈善是一颗可贵的、温暖的心。

一个小男孩儿得了肾病，已经严重到了需要换肾的地步。可是，孩子的家里很贫穷，孩子的父母经过多方努力也无法筹够这一笔巨额的治疗费。后来，孩子的事情被一个电影明星知道了。电影明星决定帮助他们，他开始呼吁他全世界的影迷帮助孩子筹款，帮助孩子寻找合适的肾源。

三年后，小男孩的手术终于可以进行了。电影明星为此格外的高兴。

可是，很快，电影明星就又收到了孩子的父母发给他的电子邮件。信里，孩子的父母告诉他，手术后，孩子出现了排斥反应，如果两天内不解决，孩子就没救了。孩子的父母再次乞求他想想办法，救一救孩子。看完电子邮件后，他心情沉重，心事重重，又心急如焚。

那时，他正在茫茫的戈壁沙漠深处拍摄电影。飞扬的黄沙，炙热难耐的天气，如同他此刻的心情。遥远的距离，不便的交通和通信，让他心生许多的无奈。

在脑海里有失望一闪而过之后，他又重新振作起来。那一刻，他心中唯一的信念是，做我力所能及的事情。

千里之外，交通不便，他不能亲临现场，何况手术还需要合适的肾源，一时难以解决。这时，他又能做些什么呢?

很快，在短促的思考过后，他开始行动起来。

他以最快的速度登录自己的网站。在十指一阵忙碌击打键盘之后，他以第一时间将这个不幸的消息在互联网上发布出去。他在自己网站里呼吁，甚至是乞求他全世界的影迷。他说，从现在开始，请求大家和我一起为孩子念六次大明咒，为孩子祈福，会念的就一起念，如果不会念的就一起为孩子祈祷祝福吧。

那一刻起，他不知道究竟会是什么结果。那一刻，他能做的仅此而已。

奇迹还是发生了。在惶恐的煎熬中等待，好消息从远方传来。两天后，一个死者将肾捐给了孩子。小男孩最终得救了。

这是一个真实的故事。

后来，在一次人物访谈的节目中，为了阐述他的思想与做人的理念，他将这段故事讲了出来。他说，小男孩很幸运，一直活到今天，可是，他并没有见过他，他也不知道小男孩的名字。他觉得小男孩不需要见到他，因为，他觉得，自己只是做了应当做的事情。

故事中，那个电影明星，名字叫李连杰。

其实，后来的那一次，他只是在孩子最需要人帮助的时候，做了他能做的一点点事情——呼吁大家，并和大家一起为孩子祈祷祝福，仅此而已。

有时，做慈善就是这么简单——只需要你一个衷心的祝福。

这应该算是世界上最简单的慈善吧！只要你愿意，我相信，每一个人都能做到。

臂可断，职责不断

作家心语： 忠于职守的价值观到什么时候都不会过时。这是一种人间道义的担当。这是一个可歌可泣的故事，故事中的主人翁身上所彰显的那份责任心，令我们生出无限崇敬之情。什么可以用来检验人生？危急关头。这篇文章就将矛盾的焦点设立在困境之中，把在困境之中人的抉择放大，展现出一个伟大的灵魂。

裴永红是湖南湘潭人，“80后”，从2010年5月起开始做铁路专用线引导煤车、油罐车进出的“运行连接员”。他在右臂被列车车轮完全轧断的情况下，强忍剧痛向列车发出停车信号，奋力避免了一起重大安全事故。他的故事，在网络世界激起了轩然大波，感人无数，被很多网友感佩地称为“断臂哥”。

2011年3月10日上午，一列油罐车驶入铁路专用线场站，需要从8号车道改由6号道，“倒车”进入油库。裴永红站在变成车头的第38节车厢上，担任“二钩”，充当火车的一只“眼睛”——观察运行状况，为火车司机“导航”。

这天，雨很大，风也很大，风雨交加之中的列车缓缓行驶，慢慢接近目标停靠点。就在距离停靠点100多米的时候，裴永红准备第一次发出刹车信号，然而，令人意想不到的事情发生了——站在车厢上的他突然发现自己的手持对讲机失去了信号。时间刹那间凝固了，裴永红大脑一片空白。

一时间，裴永红和车尾的司机失去了联系，而他和驾驶员之间还隔着38节油罐，他没有时间也没有能力一个一个跨过去，而此刻呼叫，对方又不可能听到他的声音。如不及时传递信号，就意味着车尾的司机和信号调度室都无法得到刹车的信号。火车依然原速前进，而油库就在前方。

危急之中，裴永红忽然想起了值班室里的备用对讲机。来不及思考，他从车上一跃而下。

这时不幸发生了。跳下的一瞬间，狂风裹挟着裴永红向车下落。落地时，湿滑的地面让他无法站稳，摔倒在地，狂风顿时把他的雨衣吹到了车轮之中，行驶的火车拖着他向车厢底部撞去。一声闷响，撞住后腰的裴永红倒趴在铁轨旁，腰间一阵剧痛向他袭来。来不及站立，车厢底下巨大的吸力和风的推力直接把他半个身子拖进了轨道，紧接着车轮就轧过来。

更危险的一幕发生了。他刚把头偏过来，车轮子就贴着他的耳朵呼啸而过。前进的车轮生生轧在了他不慎伸进铁轨的右臂上，一时鲜血喷溅，染红了他的上身。

肩膀以下20厘米左右处被巨大的车轮齐齐轧断。

眼睁睁地，他看着自己的右臂渐渐分离开自己的身体，巨大的疼痛几乎让他昏厥过去……

裴永红想到了呼喊。此刻，风声、雨声、震耳欲聋的火车声，淹没了他的呼喊声。

火车继续前进，危险在一步一步逼近。

轧断了手臂的裴永红疼得龇牙咧嘴，几乎无法动弹。此时，他的右手臂从肘关节到肩关节处二十多厘米长的部位已经全部被碾轧成粉碎状，只有一些皮肉暂时与身体相连着。此外，他的腰椎也严重骨折——他却不知，只知道痛。

情况万分危急，每拖延一秒危险就接近一步。火车距离油库越来越近。关键时刻，裴永红毅然做出一个令人难以想象的举动：他翻了一下身体，扶着轨道旁边的台阶，将身体艰难地支撑起来，抓着断臂，朝远处的值班室跌跌撞撞拼了命地奔去。

其实，他不知道自己还能走多远，但他的脑子里却有一个信念：冲向值班室，换一台对讲机，叫停油罐列车。

从事发地到信号室，足足有100多米。这100多米，此刻对裴永红来说，是那么的遥远和艰难。奔跑时，他需要抓住自己的断臂，还要忍住腰间的剧痛。

就在他几乎耗尽全力跑到值班室门口的时候，前面有一个障碍横在了他的面前——值班室前面的三个台阶。从前轻松而上的台阶，此刻对于身负重伤的裴永红来说，是那么陡峭，他实在难以跨越。他脑海里闪过一丝放弃的念头，可很快他又坚定了信心。他耗尽体力“爬上”第一个台阶，一个踉跄，断臂肩膀狠狠撞在在了侧壁上，鲜血再一次喷涌而出……这一次，裴永红痛得几乎昏厥过去，抬眼间，他忽然望见了放在桌子上的对讲机，心中再次升腾起了希望。意识模糊的他，忍着剧痛，强咬着牙，一口气冲进值班室，抓住对讲机，拼命呼喊起来：“0101，我出事了，你车子赶紧停下来，要不然车子也要出问题了……”

裴永红嘶哑的呼叫声通过对讲机传到了列车正副驾驶室、信号塔台等所有的工作岗位上。大家都听到了，忙碌起来。

火车终于在紧急刹车的巨响中停了下来。巨大的刹车声伴随着火星四溅的车轮摩擦轨道发出的啸叫声，惊动了油库周围的人。

看到列车停稳后，裴永红才松开对讲机，松了一口气，抓起右臂踉踉跄跄地冲出值班室，呼喊着自救。可没走几步，他就晕倒在地。闻讯赶来的场站工作人员，立即组织车辆和人员将他送往湘潭市最大的医院——湘潭市中心医院抢救。

裴永红的命保住了。可是，遗憾的是，由于火车碾轧横截面过宽，血管神经严重损伤，裴永红被迫做了截肢手术。手术后，他的右臂只能保留短短的一小截，落下了终身残疾。同样严重的是，他的尾椎骨严重摔伤。为了减轻病人痛苦和避免感染，医院要在断臂处伤情缓和以后，才能为他组织第二次治疗尾椎骨骨折的手术。

事后，有记者到事发现场采访，心中极为震撼。他看到了事发地一路的斑斑血迹和遗落的粘满煤屑和机油的一只手套；还看到距离事发地远方800米左右是几座巨型储油铁罐。储油罐附近，还有4座小山般的大型火力发电机组。据了解，这个地点是湖南人口密集、工商业经济高度发达的长株潭城市群能源中心之一，一旦发生安全事故，后果不堪设想。

裴永红近乎悲壮的举动，感动了无数人。事后，裴永红所在单位和关联企业，多次到医院慰问，按照医院要求足额支付医药费、治疗费，同时安排了护理费，还对社会承诺将切实保障裴永红的合法利益。湘潭市中心医院则安排了医生尽最大可能安排救治。湘潭市民政部门、湘潭县和梅林桥镇负责人，也纷纷赶到医院，送上鲜花、水果和慰问金。

臂可断，职责不歇——裴永红的事迹被媒体报道后，广大网友由衷地表达了对他的敬意，称他为“断臂哥”。一位无锡网友，称赞裴永红是“中国人的脊梁！”一位天津网友感慨：“英雄还在、国当富强、祝福你陌生人！”来自湖南的网友更是感到骄傲，称裴永红身上“闪烁着湖湘血性男儿的道德光辉”！

“轧断了手我疼啊，但油罐车还在走，不停下来会出大问题，我必须尽到自己的责任。”病床上的“断臂哥”裴永红虽然被伤痛折磨得脸色蜡黄，但对自己所做的一切毫不后悔。

生命的意义在于“成人之美”

作家心语：成人之美，也是成己之美。赠人以爱，爱意倍增，不仅温暖别人，也温暖自己。

胡适是中国现代文化界、学术界的泰斗，是新文化运动的领袖，也是新人生观的积极倡导者。他极力主张过有意义的生活。他说：“人生的意义不在于何以有生，而在于自己怎样生活。你若情愿把这六尺之躯葬送在白昼做梦之上，那就是你这一生的意义。你若发愤振作起来，决心去寻求生命的意义，去创造自己的生命的意义，那么，你活一日便有一日的意义，做一事便添一事的意义，生命无穷，生命的意义也无穷了。”因此，他对后辈青年学子的培养总是情有独钟，常常不问出身，不讲门户，与上进的青年，交往甚密，亲如朋友；总是竭尽全力，不遗余力地扶持、鼓励、提携青年朋友，助其成功。

1947年12月，寒微学子周汝昌的一篇有关《红楼梦》的考证短文在报纸上发表了，当时身为北京大学校长的胡适，与周汝昌素昧平生，却主动致函，对其勤奋好学的精神大加褒扬，鼓励其深入研究，再接再厉。得到胡适的眷顾与关怀的周汝昌异常激动，研究红学的决心愈加坚定。后来，周汝昌曾多次求教于胡适，胡适都慷慨相助，并将自己珍藏的甲戌本《红楼梦》借给周抄录副本，留作研究之用。在胡适的引领和栽培下，1958年，周汝昌出版了个人红学专著《红楼梦新证》，开了日后新红学的先河，终成一代红学大家。

著名学者郭绍虞的成功，同样离不开胡适的大力栽培和精心指导。在苏州土木工程学校只读了一年的郭绍虞，论学历相当于现在的初中一年级，却通过自己的勤奋努力自学成才，“五四”运动前后，著书立说，文章经常见诸报端。后来，郭绍虞到北京大学旁听胡适讲课，与之相识。胡适很欣赏他的才华，对勤奋的他器重有加，为他提供了许多的学习和锻炼机会，并亲自指导他做学问，帮助他在学术界崭露头角，成就了他的艺术人生。1923年，福州协和大学找到胡适，请他帮忙推荐一名能胜任国文系主任且是教授的人员，胡适慎重思考后，推荐了没有什么高学历但有真才实学的郭绍虞。从此，郭绍虞登上了大学讲坛，大学教授成为他终生的职业。

胡适先生对青年学子的培养，不仅体现在对其学术、学业的指导上，还体现在对其生活的及时资助和热心呵护。

1920年，林语堂获得公费到美国哈佛大学留学的机会，他答应胡适学成回国后到北大任教。不料到了美国后，由于公费没有按时汇去，林语堂一时陷入困境，急忙打电报向国内告急。不久，他就收到两千美元汇款，使其顺利完成了学业。回到北京后，林语堂专程向北大校长蒋梦麟面谢汇款之事，不料蒋竟莫名其妙。原来汇钱去的不是别人，正是胡适。这笔钱少算也合今天人民币16万元，以如此巨款救人于困，却不留姓名，先生的慷慨之情令人感佩。

著名的太平天国史研究专家罗尔纲，曾在胡适家做家教，兼职抄写员。胡适家常是名流满座，令罗尔纲很不适应。为了不让他感到失落自卑，胡适常常把他介绍给客人，使客人不致忽视他这个无名无位的年轻人。之后，只要有特别宴请，胡适就高高兴兴地把他叫上，一块参加宴会去。后来，已经功成名就的罗尔纲，在他的《师门五年》中这样写道："适之师爱护一个青年人的自尊心，不让他发生变态的心理，竟然体贴到这个地步，叫我一想起就感激到流起热泪来。"

胡适扶植后辈，乐于助人，成人之美的事情不胜枚举，著名明史学家吴晗、学者李敖早年都得到过他的资助。

那些生命里的“小”温暖

作家心语：小暖，也是爱，也是善。就像生命中的一片片阳光，照亮了这温暖明媚的世界。生活中波澜起伏的壮阔场面往往只是瞬间，更多的是那些平凡的庸常生活。这篇作品就是从细小入手，引人窥探生活中的那些小温暖、小感动，从细节中审视人生的丰富和人性的美好。以小见大是本文的主要特色。从小中见识真知，体味真情，有时更令人难忘。

一

听朋友讲他们单位里的故事，心里一暖。

说有一天早晨，一个小青年斜挎着背包到他们单位推销办公用品，没敲门就探头缩脑地钻进了办公室。小青年没开口，脸先红了。因朋友的位子刚好临近门口，他一进来就被朋友发现了。朋友准备上前阻止他，可他这时已经进来了。

那天很不凑巧，单位领导正在他们办公室里检查工作，被这个小毛孩撞了个正着。小青年说，我是……他刚开口，话还没讲完，就被朋友的领导怒目而视一通臭骂地轰了出来。小青年哆哆嗦嗦退出来后，站在门口窘得很，灰溜溜要走。朋友立马跟了出来，随手关上屋门，拉了他一下。两人在楼梯拐角处站定，朋友才拍着他的肩头温柔地说，兄弟，加油！谁不是从这个时候走过来的?

那一刻，朋友看见小青年的肩头耸了一下，两行热泪冒了出来。

走的时候，小青年说，谢谢大哥！说这个话的时候，他的脸上已经有了灿烂的笑容。

故事讲完后我心里热乎乎的，问他，为什么要安慰和鼓励他。朋友摇摇头，又笑笑，说，一看样子我就敢断定他是刚毕业的大学生，从他身上，我一眼就找到了自己当年的影子。

嗨，成长中，谁不需要鼓励和安慰呀！他轻叹一口气说。

二

那天带女儿上街，回来的时候天色已晚。匆忙挤上18路公交车往家赶，上了车才发现车上人满为患，不仅没了座位，连个扶手的站位都难找。拉着孩子挤了半天方在一个立杆旁站定，也只好将就着手拉立杆站好，让年仅4岁的女儿抱紧我的大腿。我低头看了一下孩子，发现低矮的她此时被淹没在人群里，黑暗一下笼罩住她小小的身体。她仰脸，喊爸爸，神情可怜兮兮。我坚定地说，坚持一下，一会儿就到家了。她点了点头。

车里人声嘈杂，且异常拥挤，除了我，再也没有人关注到这个人群中的弱者。

车行至中途，临窗坐着的一个戴眼镜的女孩子忽地站起来，冲我抱歉地笑，说，刚才没看见孩子，才看见，真不好意思，快让小孩子坐到这儿吧！说过后她站了起来，挤到我的旁边，站定。我冲她笑笑，表示感谢。她或许愧意未消，挤开人群走向车后。

孩子坐定后我向车厢后面望去，看到她立在车厢后排，脸红扑扑的，低首垂眉，一副不胜谢意的样子，心里就暖暖的有些不安。

三

假日，骑摩托车带老婆和孩子回乡下老家玩儿。因为路况的问题，车跑得很慢。

有那么很长一段土路，我从车的反光镜中窥到，车后不远处有一个青年骑着电瓶车一路尾随着我们。

我的心忽地有了几分忐忑。

车到一个路口的时候，我慢了下来。身后尾随的电瓶车刚好赶上来，和我们并驾齐驱。我紧张地拉了拉身后的妻子，提示她注意腰间斜挎的包。妻子一时间没反应过来，愣着问干什么。我并不理她，转头盯了一眼跟上来的青年。

大哥，你的车转向灯没关。一个青涩的男中音从身旁飘过来，柔柔的，暖暖的。

我转过脸看他，他微笑着，一脸执着的样子。

四

下班回家，徒步经过一个工地。我看见一个五六岁的男孩子在工地旁边的一条小路上蹲着，不知在看什么。

我好奇地走过去看他。骄阳下，他缩在一个土堆旁，头顶冒着热气，正专心致志地低头往下看，身下是一团被他罩出的浓重的黑影。

我问他在干什么，他抬起头来，一脸伤心地说，叔叔，我在给蚂蚁找家——推土机把它们的家给毁了，它们找不到家了。我蹲下身，和他凑在一起，一块儿观看地上的蚂蚁。我看见有几只惊慌失措的蚂蚁在几个土坷垃中翻山越岭，疲于逃命，仿佛是一时找不到方向，它们在泥土里爬过来又爬过去。

看了一会儿，我笑了，劝他，别管它们，它们会找到新的家的。孩子却噘着嘴，说，它们的妈妈找不到它们会很伤心的，我要等到它们的妈妈来了再走。

我一时不知怎么劝他，站起来走了。走了很久，回过头来又看了看他，看见他仍旧一动不动地蹲在原处。他瘦小的身影，在这个正午的太阳光的照射下，显得那么的单薄。

一路上我在想，他在等蚂蚁的妈妈出现，却不知，此时家里，他的妈妈正在焦急地等他回家呀？

藏在心底的话

作家心语：有些爱，从不言说。深深埋藏在心底的爱就像大海深处的暖流，表面波澜不惊，内心却是波涛汹涌。

年少时，我们有许多藏在心底的话，无法向父母言说。多年之后，当我们成了别人的父母，才恍然发觉，身为父母的他们，一样也有着藏在心底的话难以言表。那些藏在心底的话，是无奈，是心酸，也是一种体谅与温暖。

一

12岁那年，你第一次离开父母到学校寄宿，开始忙碌的学习生活。只有在每个周末，急匆匆回家一次，换洗衣服，带一些干粮，然后又急匆匆地返校。

中午吃饭的时候，一家人聚在一起。这时，父亲闪烁不定的眼神总会在你身上扫来扫去，然后，试探着问你一些问题，譬如近来学习怎样，在学校吃饱没有，学习重身体吃得消吗等等。他声音不高，说得也极随便。他说话时，你把头埋在碗里把饭吃得山响。偶尔，也会抬起头望他一眼，怯怯地，点点头或摇摇头。如若没回应，父亲便不再追问。你向他点头或者摇头的时候，父亲反而会紧锁眉头，望着面容憔悴的你，在脸上打几个问号。

你曾鼓起勇气，想把藏在心底的话说给父亲听，可努力几次都以失败告终。

想想也是，那么多难以言说的苦，说了，父亲能理解吗？学习怎样，能说吗？说得清楚吗？今天说好了，明天考试排名落后了怎么办？熬夜的苦，能说给父亲吗？你熬夜学还学得这么烂，谁信！学校的伙食怎样？不怎样又能怎样？不好，大家不还照样吃。照出人影的稀饭，告诉父亲听，难道学校会听父亲的把稀饭变成稠粥？

再说，即便说了，了却了父亲一份牵挂，却徒增了他几分担忧。何苦呢！

二

25岁那年，你离开大学校园，孤身一人在一座大城市漂泊闯荡。简历投了一大堆，才找到一个薪酬极低的工作，每月除掉房租和生活费，手里的钱已经所剩无几。

父母打电话来，问你工作的情况。你说，挺好，单位在高级写字楼里，办公室窗明几净，工作轻松自在，薪酬也高。说那些话之前，你刻意从饭店嘈杂的大厅躲进一间无人的雅间，好给自己营造一个宁静祥和的通话环境。

吃的怎样？母亲从父亲手里夺过电话问。

好啊！顿顿都下馆子。你哈哈笑着说。说完你在心底里就笑了——真是绝妙的讽刺！是啊，能不下馆子吗？自己的工作就在饭店里端盘子。

住的呢？母亲又问。

和朋友合租的三居室，宽敞着呢！你又信口胡言。其实说这句话的时候，你心底泛酸，只想掉眼泪。狗屁三居室，不过是一间没有窗户的地下室，黑暗又潮湿，整天散发着一股熏人的霉味。

交女朋友了吗？母亲的问题又深入了一步，问得你心惊肉跳。

正谈着，现在保密。你假装羞涩地回答母亲的追问。说完，就在心里骂了自己一句。就你，连自己都养不活，还谈女朋友？

你左躲右闪，使出三十六计，好不容易结束了和父母的通话。你大喘一口粗气，斜靠在墙上，眼泪忽然冒出来，流了一脸。那天，你心底藏着多少苦想向父母诉，可你想了又想，还是忍住不说。

三

34岁那年，你终于在你奋斗的那个城市买下一座房子，娶了一个娇妻。

买房子的时候，你手边的钱连首付都还差一大截。想了好久，你第一次向父母张口借钱，打电话的时候，你吞吞吐吐欲言又止。父亲却在电话那边笑了，有啥事，快说！

你把自己的事儿给父亲说。父亲哈哈一笑，说，我当啥事儿，没问题，过两天就把钱给你汇去。果然，很快父亲就按你的要求，把钱汇了过来。父亲在电话里还说，你放心，钱都给你娶老婆攒着呢，不够，家里还有，别不吭声！

父亲的话语让你有种贴心的温暖。你眼中噙着泪水，笑着把电话打完。

婚后你回家看望父母。立在门口，却发现家里锁着门。跑到棉田，两个花白的头正淹没在白茫茫的棉田里。你看见他们弯腰驼背的身影在棉田里起起落落，忍不住，再一次泪流满面。

那次回家，你得知，为给你买房子，父母卖了猪，卖了牛，卖了院子里的树，卖了家里的粮，还借了一屁股外债。为了还债，已经年迈的他们又租了村里十亩地，种上棉花，整日忙得不可开交。

原来，父母和你一样，有难以言说的苦。

四

你45岁那年，父亲70，母亲67。

某天早晨，你站在城市街口，望着红灯焦急万分。那天，你撂下单位一摊子烂事，请了假，急匆匆去赴家长会。现在的你总是一副焦头烂额的样子。想起单位的烂事，你就头疼，怎么有那么多干不完的事；想起自己的混蛋儿子，你就来气，每次开家长会都会为他挨老师一顿狠批。

你叹着气，一路上提心吊胆，怒气冲天，心想，要是再挨老师的批，回家非扒了他的皮不可。那天的家长会老师说了孩子许多不是，你坐在下面脸红耳赤无地自容。

那天晚上，你早早回了家，在家候着，准备一泄胸中的怒气。你左等右等，他像是有意躲着你，很晚才回来。敲门进屋的时候，他小心翼翼的样子让你既生气又怜爱。

你把儿子叫到面前，一双怒目在他身上扫来扫去，然后生气地问，最近学习怎样，作业都写了吗，考试考得怎样……儿子看着你，缩着脖子，怯怯地，一会儿点头，一会儿又摇头。

望着他，你想起了12岁的自己，内心一阵酸涩。你知道，此刻儿子心里一定也隐藏着许多难言的苦，无法向你说，如同当年的自己。倏然间，你的目光变得温和起来，一只大手探出来，轻轻落在儿子的头上，抚摸着。

那天晚上，你拉儿子出去散步，谈心。途中，你忽然想起了家乡的父母，便把电话打过去。

电话响了很久，父亲才接。你问他在忙什么。

在外面遛弯呢！刚吃过饭，锻炼锻炼身体。父亲笑哈哈地说。

那妈妈呢?

在家看电视呢，不是婚姻大战就是婆媳大战。我都快烦死啦，你妈却看的美着呢，一边看还一边嘀咕，要是儿子和媳妇在身边的话，是不是也会上演这样的大戏。

父亲的话让你既欣慰又无奈。为了不给你添麻烦，你几次邀请父母过来住一阵子，可他们都找种种理由拒绝了。你知道，他们体谅你负担重，怕给你添麻烦。

你点点头，又摇摇头，满腹酸涩。

或许，你永远不会知道。那天，母亲病了，在诊所打着点滴。打电话的时候，父亲正提着盒饭颤巍巍地走在通往诊所的路上。可这些，父亲怎会告诉你？！

第五辑　为人生画圆

图纸上的人生，圆好画；现实中的人生，圆难成。所以，为人生画圆，贵在坚守，要坚守，再坚守，哪怕所走的路永远是一条曲线，也不为之改变。

请相信爱情

作家心语：爱情是爱的一种，相信爱情就是相信爱，就是相信善良与温暖，信任与关怀。

一个远方的朋友打电话来告我，说她又失恋了。这已经是她第三次失恋了。我不知道怎么去安慰她——每一次失恋都让她伤心欲绝，痛不欲生，让她对爱情越来越失去信心。随着年龄的增加，以致后来让她心生独守终身的念头。

但，后来，我还是告诫她：请相信爱情。

我给她讲了艾莉森的故事，一个英国女孩儿的离奇爱情故事：第一次结婚，17岁，她正对爱情充满无限憧憬。可婚后刚刚10天，新郎就爱上了已经离婚了的自己的母亲。新郎向她宣布所爱的人其实是她母亲后，她惊讶，羞愤，决然和他离婚。搬出了他们生活的大篷车，让母亲入住。第一次婚姻就这样戏剧性的结束了。之后，她和当地一个男孩儿堕入爱河，不久，怀上身孕。他们开始谈婚论嫁，订婚，并兴奋地筹备婚礼。可是令她做梦也没想到的是，结婚的前一天晚上，新郎竟然逃跑了。由于结婚请帖早就发了出去，再加上已怀了8个月身孕，她需要赶快为孩子找一个父亲，就询问曾和她约会过的一个18岁男孩是否愿意娶她，男孩儿同意充当她的新郎。可他们的婚姻仅仅维持了两年。2006年，艾莉森开始和一位年龄50岁的男子约会，当年4月举行了婚礼。可她却不知道，此人之前已经结过两次婚。在和她结婚时，仍然没有和1993年结婚的第二任妻子离婚。英国当地法庭作出判决，宣布犯有重婚罪的新郎和她的婚姻无效。这样一个经历过爱情不断打击的人，本应该就此放手，从此绝了爱情这份心思，可她偏不，后又一如既往奋不顾身马不停蹄地极为勇敢地奔向爱情。2008年4月18日，艾莉森第四次走上红地毯，嫁给了20多岁的青年。以致有人对她调侃："艾莉森，你又结婚了吗？如果你照这个速度结婚的话，阿伯罗斯市的男人将远远不够你嫁！"

艾莉森的故事，我不知道对她有何启示。但我还是提醒她：向往爱情就要相信爱情——用行动证明。

相信爱情，不是相信爱情不会犯错，而是相信爱情是美好的，幸福的，值得我们去追求的。

犯错的常常不是爱情本身。如果是爱情这个人生命题出了问题，我想早就不会有人为奔赴爱情的盛宴，千里迢迢、历尽艰辛、千回百转、矢志不渝了。

犯错的，只有身在爱情中的人——你或他。是不是爱上不该爱的人？——这样一开始就可以预见最终不幸的结局。是不是在不该爱的时候爱了？——爱，要么你无法把握，要么你无力承受，爱情终究会离你而去。要么，是你心中的爱情太过美好，距离现实太过遥远，以致你怎么努力也无法企及。

如果一切都好，而上天弄人，要怪就怪上帝吧，他老人家偶尔也会犯浑。但，请相信爱情。

请相信爱情，相信：爱情不一定要最终拥有，爱过即是美丽；爱情不一定要永恒，哪怕片刻，也不枉爱过一程。

爱情这个人生命题，求解的过程或许会异常复杂与曲折，甚至常常会让人觉得无路可走，但请相信它真正正确的唯一答案是“美丽”与“幸福”。

孤独时刻

作家心语：孤独是一种宁静之美、寂寞之美、苦涩之美。在孤独中抛开人世纷扰，慢品人生滋味，也是一种人生境界。

家里圈养的那只小狗，时常会在空落无人的院子里乱咬一番。母亲说，那不是因为它听到了什么动静，而是它孤独了。

母亲的话语让我有些莫名的忧郁——连一只小狗都会有自己的孤独，何况人呢？

每当父亲拼命地干活时，母亲常常会对我说："你父亲孤独了。"透过母亲的话语，我看见父亲在家里忙碌的身影，从修理一辆破旧的自行车到整理摆放有些凌乱的煤球，又到打扫院子里飘落的枯叶……当汗水层层地布满他的额头，汇集成汗珠滴落时，我看见了父亲脸上袒露着的微笑。那一刻，我知道，孤独刚从父亲心中走过。

而母亲的孤独是默默地哼唱一首首歌曲，从一首革命老歌到一首儿歌，又哼唱到当下耳熟能详的流行歌曲……父亲看了，总是摇摇头，默然而后低沉地说："瞧！你母亲现在孤独了。"我望了过去，分明看见母亲脸上浮现着的温润的笑，淡淡的，如同一片闲散游动的浮云。渐渐地，母亲的歌声变低了，没有了声响，淡淡的笑也从脸上慢慢收拢，而后，恢复一脸的平静与凝重。那一刻，我明白，孤独从母亲的歌声中飞走了。

我看见，对门邻居家的少女孤独时，是拼命地逛街和吃零食。而我的孤独是忘记时间地翻阅一本曾经翻过无数次的旧书，而那本书的封皮早已破损，里面的书页也已泛黄。

此外，我还见过“空巢”老人眼中流露出来的孤独与落寞，亲密恋人分离后独处时眼中溢出的浓情与忧思，以及一棵兀立于墙头的枯草的幽怨与哀愁……

但，我最喜欢，也最欣赏的是弟弟的孤独。他总是百无聊赖地挑逗我们家院子里的那只小狗。每当这个时候，小狗就会在他面前摇摆着尾巴，快乐地转来转去。几声犬吠声从院子里飘出后，我看见弟弟歪斜着脑袋，正冲小狗一脸嬉笑，而小狗，此时正在地上快乐地打滚儿。那一刻，我发现：弟弟的孤独正满地“翻滚”，和小狗在快乐地撕咬着。孤独在彼此之间忽然变得淡漠了，了无踪迹。

原来，生命的万物都如同那只小狗，都会有他们各自不同的属于自己的孤独。每一种孤独都会有各自不同的样子，而孤独时刻的模样，也会成为一处被人欣赏的风景——那是生命的独特的模样。

心有月光

作家心语：心存美好，世界就是美好的。哪怕是一片月光，一棵小草，都有动人之处。

一

喜欢坐拥窗前，目投中天，让月的冷辉在视野里慢慢铺展开来。如一轴画卷，在眼前徐徐舒展。

看流光飞瀑，落一地洁白的银。那乳白色的月光真美，有凉凉的风裹在光亮里。有时，月却被笼在云层里，隔着一层薄薄的纱，散发着朦胧的光，有淡淡的羞涩与忧伤。

此时，清风明月，对酒当歌，洒脱不羁，自然美不胜收。

而孑然一身，默然而立，也可美到心里。

望月，品的是一份心情；一种繁华落尽、寂寥于心的孤独。

二

目含明月，心有欢喜。轻合双目，让整颗心沉醉于那冷冷的清辉里。

那一刻，想必月光铺肩、清辉沐脸、点点光晕栖落在眉宇间。月光也映照在了心上，心中的湖，便在月光下泛起幽蓝的粼粼的光。

隔着时光的距离，远远地，你去看它、想它，心便宛如晃着月光的井水，在明暗交错中变得幽深、清冽。

三

望月，披一身月光。

此时，夜未必是静寂的，或许正歌舞升平、喧闹异常，可那颗决然的心，却可以避开尘世纷扰，独守一份安然与寂寞。如幽禁在幽深又寂寞的时空枯井里。那分安然有漠然尘世的孤独之感，那份寂寞有孑然而立的隐隐痛楚，而更多的，是一种平淡如水的安逸与寂寥。

即便安逸，也是一种“小”安逸，是小隐隐于野的片刻隐匿。是心灵从飞翔的天空落于平地时暂时的休憩，如一只飞疲的鸟，落于枝头，用喙修理自己有些凌乱的羽毛，以寻得片刻的休息。

即便寂寥，也是一种独然于世的寂寥。不必为夕阳唱一首挽歌，也不必为残花独自哀叹。只是在空旷的原野里四处瞭望，把目光投入更深邃的天空。

四

夜深人静，万物安澜，月在窗外。可窗帘是合上的，并不去看它。只打开床头的一盏橘色小灯，靠着床背，捧一本书浅浅地读，读着读着心便有了月光。

那月光，有时如诗句“床前明月光”，是豁亮的；有时如“东窗未白凝残月”，是朦胧的；有时似“月华如练，人千里”，是凄凉的；有时像“露从今夜白，月是故乡明”，是惆怅的。

月光在心。人可以在“梅花雪，梨花月”中引发无限情思，亦能在“月上柳梢头，人约黄昏后”的意境之中，意乱情迷。

五

心有月光，光更多是照亮自己。如在千里之外的江河，取一瓢清水，清洗一下心中那颗蒙了灰尘的心。又如在漆黑深夜里郁郁独行的侠客，即便行至深山孤岭，可心却一点不惧怕。

总想，在有月亮的夜里走走，把亮晃晃的月光踩碎在幽幽的泥石小径上。这时，身后有猎猎长风刮过，将心中的尘世与烦恼卷到黑暗里。

心有月光，光不必那么热烈，不求那么明亮，最好不是浓郁的、芳香的。淡淡的，幽幽的，就好。

最本色的竞争

作家心语：关于理想总是很浪漫的，关于现实却总是很残酷。人生的成长需要有一个浪漫宏伟的理想，更需要将美好的理想根植于残酷的现实。敢于直面人生，才会勇往直前，走上人生的巅峰。

操场上，一位老师带着许多学生，组织一场竞赛活动——赛跑。围在老师身边的有男孩儿、女孩儿，有高年级的也有低年级的，有身体高大强壮的，也有身体娇小瘦弱的。孩子们一开始就议论纷纷，争吵不休，但活动还是在老师的强力“控制”下进行着。

每个孩子都在老师的要求下，准时站在了起跑线上。随着一声枪响，大家都开始使出全身的力气往前奔跑。

显然，这是一场不公平的竞争。途中，有的孩子因体力不支而放慢了脚步，有的孩子因心生怨气愤愤不平而放弃了比赛，有的孩子因为落后太多而心生失望消极地向终点走去。

时间一分一秒地流逝，最先到达终点的是那些体力充沛的和能够不断坚持的孩子，那些孩子的脸上都洋溢着胜利的微笑。后面慢慢跟过来的，或气喘吁吁狼狈不堪，或一脸嬉笑满不在乎，但每个人的脸上都写满了不悦和不满。

当大家在老师的召唤下再次聚在一起时，许多孩子都开始抱怨起来。

“老师，这不公平。我是女孩儿，怎么能和那些男孩儿一块儿进行比赛呢？”

“老师，我才15岁，他们都比我大得多，我怎么可能跑过他们呢？”

“老师，我这么瘦小，恐怕再努力也超不过他们！”

……

老师沉默不语，等所有的孩子把话都说完后，老师严肃地说：“这才是社会生活中最真实、最本色的竞争。没有人会真正给你一个公平竞争的机会，也不会因为你弱小而给予你应有的照顾。无论和你一起赛跑的是强者还是弱者，你都要进行一场区分胜负，甚至是你死我活的竞争。孩子们，记住：现实生活中最真实、最本色的竞争永远都不会是真正公平的。”

老师的话说完后，每个孩子的脸上都显得格外的庄重，像是刚从战场上归来的士兵，又像是将赴战场的勇士。

的确，现实生活中的竞争永远也做不到真正纯粹的公平。直面现实，我们就不要因为不公而心生怒气轻易放弃，也不能因为不公而抱怨消极。做一个勇士直面竞争，才是真正正确的选择。

不要忘记饥饿的感觉

作家心语： 人生的饥饿是我们奋进的原动力。这饥饿，不仅是生理的，也指心理的。不忘记饥饿，是一种人生的警醒。

晚上，看一个综艺节目。一个年近30岁的女孩子参加一家电视台组织的一个“交友”类节目，寻找梦寐以求属于自己的爱情。

女孩子以“惊艳”的姿态亮相，主持人把她介绍给众多男嘉宾和观众时，大家为之眼睛一亮——女孩子太优秀了，几乎可以用“完美无缺”这样的词汇来夸赞。女孩子工作好，在一所大学教书；性格好，开朗大方，热情奔放；外貌也好，皮肤白皙，模样俊俏，虽然年近30，可脸上一点也看不出岁月留下的“苍老”的痕迹。介绍完女孩子后，主持人禁不住好奇地发问，奇怪了，你这么好的条件怎么会没有男朋友呢?

主持人的话逗得大家一笑，也引起了大家的深思。

女孩子笑了，告诉主持人，自己太顺了，从小学到大学再到研究生直到毕业后工作，可谓一帆风顺，一路绿灯，而且自己也太忙了——上学时忙学习，毕业了忙工作，回家后和亲人在一起，一天到晚都这样充实快乐的生活，在不知不觉中成了“大龄青年”。这时，大屏幕不失时机地播放女孩子的VCR，屏幕里，工作中的女孩子和自己的学生打得火热，深受学生爱戴；生活中，她和父母以及姥姥姥爷在一起，大家有说有笑、其乐融融……视频播完后，主持人恍然大悟：是不是你生活的环境太幸福了，学习工作、友情亲情包围着你，以致让你沉浸其中，不知不觉中忽视了自己的爱情？女孩子微笑着点头，表示认可。

节目看到这一刻，我忽然有所领悟——所有太过完美的生活都是有害的，它会让你不知不觉中失去更多属于你的幸福。因为，那些看似完美无缺的生活，让你丧失了追求新生活的饥饿感。

周末，遇见一位朋友。朋友靠自己的打拼，几年下来摇身一变，从一个打工仔变成一个大老板，再也不是那个生活拮据、时常饿肚子的落魄青年，现在有房有车，生活得有滋有味。谈话进行至中午，我邀请他到外面一同就餐，他却婉言谢绝了我。我问他原因，他说，今天是周末，计划中这一天他是不吃饭的。他的话让我吃惊不已。我说，是你生病了，还是因为宗教信仰之类的原因。他说，都不是，我不过是不想忘记饥饿的感觉罢了。是饥饿让我时刻保持清醒的头脑和前进的姿态。更重要的是，饥饿可以让我时刻拥有一颗感恩的心，感激生活的恩赐，体味幸福和快乐。

那天，离开朋友的时候，我已经饥肠辘辘。赶回家后吃的那顿再普通不过的饭菜，却突然让我倍感唇齿生香。

我忽然间懂得，幸福其实只需一个好胃口。一个人，只有饿了，才能真正品出幸福的滋味。

为自己疗伤

作家心语：人生是一个不断开通的过程。这个过程中，需要自我对话，自我解读，自我劝慰，自我激励，自我疗伤。在自我的调整中，走向完美，走向成熟。

春天来了，生活在美洲的大黑熊也从冬眠中渐渐苏醒过来。可刚刚醒来的它们总是萎靡不振，看上去一点儿精神也没有。醒来后的它们，常常去找些有缓泻作用的果子吃。这样做的目的，是把长期堵在直肠里的硬粪块排泄出去。之后，它们的精神开始慢慢振作起来，体质也恢复到了常态，开始了新的生活。

热带森林里的猴子，如果出现怕冷、战栗的症状，它们会主动去啃食一种叫金鸡纳树的树皮。不久，有病的猴子就又恢复了原来活泼可爱的样子。原来，它们是得了疟疾，而这种树的树皮中饱含奎宁，是治疗疟疾的良药。

在乌兹别克，狩猎的人常常会看到这样的怪事——受伤的野兽总是跑向同一个山洞。后来，有一个猎人为了查明究竟，就跟踪一只受伤的黄羊。当黄羊跑进山洞后，他躲藏在隐蔽的地方进行观察。他发现，那只黄羊把受伤的身体紧紧贴在峭壁上。不久，这只流血不止、身体孱弱的黄羊就止住了流血，恢复了体力，离开了山洞，走向陡峭的山崖。黄羊走后，猎人在黄羊医治外伤的峭壁上发现了一种类同黑色野蜂蜜的黏稠液体。这种液体后来经科学家检测研究，发现里面含有30种微量元素。用这种液体涂抹在伤口上，可以使伤口很快愈合，使折断的骨骼复原。

探险家们曾在一个森林里发现了一只受伤的野象，看到它正在岩石上来回磨蹭，直到伤口上覆盖了一层厚厚的灰土和细砂。原来，这种泥灰石中含有氧化镁、钠、硅酸等矿物质，有治病的作用。

其实，自然界中不仅仅是美洲黑熊、热带的猴子、乌兹别克受伤的黄羊、森林中受伤的野象会自我疗伤，还有更多的其他动物以及植物，也会给自己疗伤。作为高级动物的人，我们会为自己疗伤吗?

人生漫长，道路曲折，难免会遭遇失败，经受挫折，或事业上一败涂地，或情感上分崩离析，抑或生活上陷入泥潭。为了摆脱困境，我们可以去求助于外界，但更重要的是，我们要像美洲黑熊、热带的猴子、乌兹别克受伤的黄羊、森林中受伤的野象那样，学会为自己疗伤，主动寻找解决问题的办法，修补那颗残缺破碎的心，并开始新的生活。

爱是人生的一种奖励

作家心语：目光是光明的，世界就是光明的。

莫文蔚做客《天下女人》，谈她事业中的几次蜕变。中间，杨澜问她，与相恋数年的男友分手是否认为是一种失败，她果断地回答："不。难道那些结婚的就一定是感情成功吗？有真正爱过怎么能说失败？爱过是很美的，不会因为分手就把一切都否定。"

说得真好，爱过是很美的，我们不能因为最终的分手，而否定一切。真的，那些曾经给予我们灵魂力量的情感，那么美地存在过，那么真切地感染过我们，让我们的心灵曾经如此地丰盈过，我们怎么能因为不是圆满的结局而轻易地否定它呢？

然而，许多时候，许多经历过爱的人，却没有她那样的胸怀，他们总会在爱远去后留伤痛与怨恨于心中，耿耿于怀，无法释然。

其实，我们大不必去悲哀，失望，迷惘，淌两行紫色的忧伤，画一幅悲断肠。

我们要知道，这世界上，有两种花，一种花能结果，如石榴，一种花不能结果，如玫瑰，又如郁金香。可又有谁说，他不喜欢玫瑰的美丽与郁金香的芳香呢？人生中面临的爱情，总会是两朵不同的花，一种让我们享受心中甜蜜的生活，一种让我们去留恋它的美丽，轻嗅它馥郁的芬芳。

我很欣赏莫文蔚对待失恋的心态——把爱看作是一种奖励，对生活充满感恩。

因此，在尘世与美好中，在品尝与思量中，在拥有与失去中，以一颗快乐、宽容的心来面对尘世里的情感，我们才不会让爱情的花，一朵盛开，而让另一朵在我们心间落败。其实也只有这样，我们的一生，才会真正拥有属于自己的、能结出果实的、美丽又芳香的两朵不同的爱情花！

快乐是一种智慧的取舍

作家心语：好的图画是对空间的裁剪，好的音乐是对音符的裁剪，好的文章是对文字的裁剪，好的人生是对心灵的裁剪。现实中面对什么不重要，重要的是你的心灵选择什么面对。成功与幸福不过是一种心态，心态变了什么都会随之而改变了。改变不了别人，难道改变不了自己？改变不了现实，难道改变不了心灵对现实的选择？

三个失落少年去见智者，向他请教快乐的方法。

智者让他们说说各自不快乐的原因。

其中一个衣着华贵的少年抢先开口。他说，他家境殷实，每天吃着山珍海味，穿着华贵的衣服，日日不用劳作，还有许多的仆人陪伴玩耍。那生活真是快乐至极。最近，父母看他整天无所事事，就叫他去学习骑马。学会骑马后，他经常带着仆人出去狩猎。这不，因为骑马狩猎，不小心从马背上摔了下来，一条腿落下了残疾。说到这里时，少年撩开衣服露出那条残疾的腿让大家看，一脸的失落与伤感。

大家听后，一阵感叹。

一个衣着朴素的少年也说出了心中的不悦。他说，自己家境贫寒，一出生就和父母过着清苦的日子。少时不识愁滋味，因为那时，虽然穷困，但父母恩爱，又对他爱护有加，家人每天都快快乐乐的。可是，随着年龄的增长，他才越发感到穷苦日子的难熬了，每天都要辛苦劳作，最终换来却是吃不饱，穿不暖，还遭人鄙视。真不知道这穷日子何时是个尽头呀？

大家的确看到他衣衫褴褛，面容憔悴，猜想他日子过得一定苦不堪言。

第三个少年听了他们的话后，也动容地讲起了自己的身世。他告诉大家，他是个孤儿，幼年四处流浪，吃尽了苦头，后来被一位好心的富人收留，富人对他关爱有加，像对待自己的儿子那样待他，他从此过上了一段幸福快乐的好时光。可是，最近富人死了，让他伤心欲绝，以后再也不会有这样快乐的时光了。话未说完，他就已经泪流满面，泣不成声了。

少年说完后，大家心里都沉甸甸的。

智者思忖片刻后，对他们说，我现在还不能传授你们快乐的秘诀，明天再来吧。

第二天，三个少年又来见智者。

智者快乐地对他们说："前些日子，我见到了三个快乐少年，不知道你们认不认识，如果认识可以向他们求教。"三个少年都要求他说说快乐少年的模样。

智者娓娓道来。他说，一个少年衣着华贵，家境殷实，每日都可以快乐无忧的生活，还常常有仆人陪伴骑马四处狩猎。另一个少年，家境贫寒，但父母对他关爱备至，他能感受到家的温馨。还有一位少年，幼年流浪乞讨，可是他遇到贵人救助，贵人对他爱护备至，让他过上了衣食无忧的生活。

“这三位少年快乐吗？”智者问道。

“快乐。”三个少年答道。

“你们有人认识他们吗？”智者又问。

“你说的不正是我们三人吗？可是，你怎么不说出我们的痛苦呢？”一个少年按捺不住，说出了自己心中的疑惑。

智者微笑不语。片刻后，他平静地说：“快乐本无恙，全在心取舍。”

三个少年听后，恍然大悟，快乐而归。

正如智者所言，人生充满了不幸与痛苦，但也充满快乐与幸福。许多事情我们无法改变，但我们可以改变自己的心境。学会心灵的取舍，快乐就会时时相伴相随。

梅斯菲尔德老人的最后遗产

作家心语：越是物欲横流的时代，越要保持一颗纯真的心。

伊迪丝·梅斯菲尔德生于美国的阿勒冈州，在西雅图和新奥尔良随母亲长大。1966年为了照顾年老的母亲，她搬进了西雅图巴拉德西北46街一个两层楼的小房子，一住就是四十多年。

2006年，一家开发商看中了这个地方，想在这块区域建一座五层的商用大厦，很快，这里的老住户开始纷纷搬走，而在这里居住了多年的84岁孤身老太太梅斯菲尔德却拒绝搬走。老太太顽固得无可救药，无论开发商怎样劝说，她都不为所动。

无奈，开发商只好提高搬迁报价，想以此打动老人的心。可事与愿违，经过数次提价，直到升至100万美元，老太太仍然不改初衷。

其实，据当地市政部门的评估，这栋建于1900年只有90多平方米又破又旧的老房子仅值8000美元，房子和地皮合起来，最多也不过十几万美元。而且，随着城市改造，老太太的房子不远处有辆垃圾车，每天总在不停地发出巨大吵人的轰隆声。随着工程进展，吊车的吊钩也天天在她家屋顶上晃悠，极不安全。而且，对于这个交通事故多发地段，周围邻居早有怨言，现在，他们利用这个千载难逢的机会，早已乐意地纷纷搬走了。老太太在那里，成了真正的“孤家寡人”——不仅没有一个家人，连一个真正的邻居也没有了。

虽然梅斯菲尔德拒绝了开发商的提议，不过这并没有影响开发商在这一地区建新楼房的决心。开发商无权强拆她的房子，在求助西雅图地方政府无果后，最后只得修改了图纸，三面围着她的小房子，把五层商业大楼建成“凹字形”。

在大捧的美元面前，老太太居然不为所动。许多人为此表示不解，可老太太这样解释说：“我不想搬出去。我经历过第二次世界大战，噪声对我来说又有什么。我今年84岁了，这里是我的家，我在这里生活得很快乐，很开心，我哪也不去……我不需要钱，就算有钱，我又能干什么呢？”

梅斯菲尔德的遭遇经媒体报道后，她一下成了当地名人，表示赞赏和支持的信件从世界各地不断寄来。一封来自韩国首尔的信件，写道：梅斯菲尔德认为世界上有比钱更重要的东西，这种观念令人由衷佩服。还有一封信，这样写道：“她是人类灵魂中最后的坚持。”不少网民纷纷留言，表示赞赏她的勇气，并称她为西雅图“最牛钉子户”。

令人更加想象不到的是，老人的精神，同样也打动了对手。承建新楼房的建筑公司负责人巴里·马丁，在了解梅斯菲尔德的经历后，对老人的遭遇倍感同情。他知道她从小就很“固执”，而且她唯一的儿子也在13岁时患脑膜炎病逝，现在老人身边没有任何亲人。同时，老人的做法，他也表示理解——这座老房子，应该是老人弥留世间最后的情感所系吧。

不久，马丁就和梅斯菲尔德成了好朋友，并承担起照顾这位老人饮食起居的责任。他叮嘱建筑工人施工的时候要特别小心，要像对待自己的外婆一样保护梅斯菲尔德。老人也从来不给施工方添任何麻烦，她每天干的事就是在家听听音乐、看看电视而已。

在梅斯菲尔德生命的最后岁月里，马丁为她做饭，帮她取药、替她出去买东西，希望她能尽量舒服地待在家里，安享晚年。

2006年6月15日，在爱的包围下，梅斯菲尔德老太太因癌症医治无效，在家中安然去世。她得偿所愿，在自己家里，就在她母亲当年离世的同一个房间，同一个沙发上，告别人世。临死前，她在遗嘱中，将所有财产都留给了照顾她的人——巴里·马丁。

生前，老人的所作所为赢得了世人的尊重。老人去世后，西雅图地区的不少人自发前往老人的小别墅凭吊，以鲜花和丝带，向这位生前的“草根英雄”致敬。

老人的故事，同样也打动了迪士尼公司。在北美上映的动画片《飞屋环游记》，让老人的房子更加出名——影片的内容和她的经历颇为相似。2007年5月26日，迪士尼公司在这座房子上系上了五颜六色的气球，向老太太致敬。这座系上气球的房子，如同影片《飞屋环游记》的海报一样，充满童趣。

2007年6月30日，房子的继承人马丁以31万美元的价格，把房子卖给了一家地产指导公司的老板格雷格·皮诺。之后不久，皮诺准备对房子进行改造，让房子和旁边的商业大楼一样高，下面是一个两层的开放空间，向市民开放。

他为由这栋房子改造的建筑，起名叫“信念广场”。他认为，这座房子，可以让每一个美国人重新思考自己的人生。

生命中，总有一些东西应该去牢牢坚守——我想，这就是这位被人尊称为史上“最牛钉子户”的老人，留给世人的最后的遗产吧。

心如一株向日葵

作家心语：拥有一颗明媚快乐的心，本身就是一种幸福。

她是一个不幸的孩子，母亲怀孕5个月就生下了她。因为早产，脑垂体先天发育不全，导致了她后天的侏儒身材，到了初中毕业的时候，她的身高也只有0.98米，可谓是一个世间罕见的“袖珍女”。因为身高的缘故，初中毕业后，她没有如愿进入高中学习。后来，在亲友的介绍下，她进了工厂，做了一份擦铁锈的工作。

虽然不能如愿继续上学，去考心目中的大学，但是，能够在生活中自食其力，这也让她格外开心。生活和工作中，她依然像往常那样快乐地唱歌，快乐地生活。

这个“快乐的袖珍女”，以自己乐观向上的生活态度感染着身边每个人。她的歌声甜美，富有磁性，工厂里的许多工友都很喜欢听她唱歌，并没有因为她的身高而歧视她。

有一天，一位热心的女工友给她提议，说，你的嗓子这么好，可以在唱歌事业上发展呀，你应该在唱歌方面再学习些技巧。听后，她有些失望地说，没有人教。女工友笑了，说我有熟人，能教你。后来，这位工友就推荐她到一位专业老师那里学习唱歌。因为那位老师很忙，她们先录制了一盘磁带，带过去让老师听，得到老师的认可后，她再亲自登门拜师学艺。工友把她录制的磁带带去，很快就得到了那位老师的回复，说让她来吧。得知这个好消息，把她高兴坏了。

第一次去学唱歌，为了给老师留下好印象，她穿戴整齐早早就出门了。可是赶到老师家里的时候，还是晚了些——老师的家里已经有四五个学生在学唱了。她向老师问好，老师好像没有听到似的，没有理她。矮小的她只好躲在别人的后面排队，耐心等待。可等到前面的学生唱完后，老师不再教了。她有些尴尬，看了看表，发现已经到了吃午饭的时间，无奈之下，只好无功而返。

或许是我去晚了，老师才不教我的，我下一次就早点去——回去的路上，她这样想。

第二天，天还没亮她就起床了，早早出发，终于赶在别的学生的前面到了老师家，第一个出现在老师面前。可令她失望的是，那一次，不知道什么原因，老师依旧没有教她，还对她的存在，视而不见。

她没有轻易放弃，接连又去了三四天，可老师的态度依然如故。

这时，她才真正意识到，老师是在歧视她，根本不愿意教她这个小矮人。悲伤涌在心头，失败的打击让她伤心不已，她有些气愤，在内心里暗暗发誓——我再也不去那里学唱歌了。

后来，她真的不再去了，有好几天都待在家生闷气。母亲发现了端倪，就问她，这两天你怎么不去唱歌了？她生气地说，他不教我我怎么会去？

母亲听了，没有生气，反而笑着说，他不教你，你也要去。

她听后有些惊讶。

母亲进一步开导她说，他教别人的时候，你也可以听呀！你在家里的时候，妈妈是不懂这些的，是教不到你的。所以，你还是要去。他教别人的时候，他说什么不对的地方你一定要记住，你以后就不要犯这个错误嘛。你不但要去，还要比他们唱得好才行。

母亲的一番话让她茅塞顿开。在母亲的劝说下，她就又开始去了。此后，虽然老师对她态度依然如故，但每次旁听学习，她都听得格外认真、投入。到老师那里学习，她从此不再有任何不悦，反而从学习中得到了许多的快乐。日复一日，在旁听中，她的歌唱水平提高得很快。

机会终于光顾了这个不幸的女孩儿。不久，上海举办“吉尼斯”擂台赛，在工友的鼓励下，她参加了，并且最终荣获“第一袖珍女歌星”称号。就是那一次比赛改变了她的人生，从此开启了她的演唱生涯。

这是一个真实的故事，故事的女主角，叫吴小莉。在一期访谈节目中，她又一次谈起往事，禁不住感慨万千。

许多年过去了，虽然她的人生有了很大不同，可她的生活依旧要面临比常人多更多的困难与挫折。然而，困难与挫折并没有磨灭她心中的那份快乐，在命运面前，她依旧是阳光灿烂的。

节目中，她说，这份阳光与快乐，是母亲给的——从小到大，母亲都是这样教育她的，凡事都要向积极快乐的那面去想，于是，生活便有了希望，没有了烦恼。

的确，心如一株向日葵，总会追着阳光跑！

达仰的教诲

作家心语：达仰的教诲：生命如东逝的流水，若流淌在平坦的河床，水势必定平直，只有迎向暗礁，生命之水才会激起灿烂的浪花。所以要感恩苦难，苦难是福，是生活中启迪心智的师者，是锻炼毅力的磨刀石，是逼迫你前行的不竭动力，是人生一道永远开放着绚丽花朵的风景。

1920年冬天，在法国留学期间的一次茶会上，徐悲鸿有幸结识了法国当时最为著名的大画家达仰。此时，徐悲鸿只是一个初到法国学习美术的留学生，而达仰却是法国画坛的泰斗。初见大师，自然激动不已。作为初出茅庐的晚辈，他表达了自己的仰慕之情，并迫不及待地向大师提出了拜师学艺的请求。

面对这个态度诚恳情真意切的东方才俊，喜欢提携后人的达仰，爽快应承下来。那次他们交谈甚欢，达仰还不忘告诫他：学美术是很苦的事，不要趋慕浮夸，不要甘于微小的成就。临走时，达仰将自己的家庭地址留下来，并极为真诚地对徐悲鸿说，你每个星期天可以来我的画室学习作画。

此后，只要徐悲鸿身在巴黎，每个星期天的早晨，他都会带上自己的作品到希基路65号达仰老师的画室，向老师请教。达仰亦师亦友，倾尽全力地对徐悲鸿进行学业上的指导。

留学期间的求学生涯是极其艰苦和枯燥的。为了节约开支，徐悲鸿甚至连续几周只是以面包和冷水充饥，学业上尽量不画耗材费用很高的油画，而是把重点放在了费用偏低的素描上。请不起模特他就画妻子蒋碧薇，有时还对着镜子画自己。有一次，去参观法国全国美术展览，沉迷于艺术之中的他在展览馆里流连忘返，一天都没有进食，黄昏的时候，走出展厅，天降大雪，可他只穿了一件单薄衣服，冻得瑟瑟发抖。又冷又饿的他跑回家中，赶快冲了一个热水澡以此驱走身上的寒气，没曾想，从此落下了终生不愈的肠痉挛病。他常强迫自己忍痛作画，现存的一幅素描上就写着这样一句话："人览吾画，焉知吾之为此，每至痛不支也。"

到了1921年，因为国内时局动荡，北洋政府中断了留学生的生活费，徐悲鸿夫妇只好被迫来到消费较低的德国柏林继续求学。这期间，因为喜爱伦勃朗的画，他便去博物院临摹，每天都持续画10小时，其间连一口水也不喝。特别在临摹"伦勃朗第二夫人像"时，他下了很大的功夫，觉得略有收获，但仍不能用在自己的作品上，于是愈加努力。

1923年的春天，一度中断了的助学金又开始发放，徐悲鸿才从柏林回到巴黎。苦难困顿的生活和艺术技艺的徘徊不前，让他难以忍受，在看望老师达仰的时候，他道出了心中的苦闷。

达仰看着他困惑的表情，没有正面回答，而是极为平静地给他讲述了这样一件事情。他说："在法国19世纪有个名画家叫穆落脱，可以说是个天才。凭着他的才华，本应成为最出色的艺术大师，但是，他最终没能达到达·芬奇、米开朗琪罗、拉斐尔这些一流艺术大师的高度。这是为什么呢？原因是他在艺术道路上没有经历过苦难。伟大的艺术家都有坚韧的毅力和为全人类倾诉的愿望，而没有经历过苦难的人，往往就会缺乏这种远大的抱负。”

达仰洞若观火无比深邃的思想，仿佛是黑暗中亮起的一盏明灯，一下子照亮了徐悲鸿内心灰暗的世界，使他在迷惘的人生十字路口重新看到了生活的希望。听完老师充满着人生智慧的教诲，徐悲鸿忽然有种醍醐灌顶的觉醒，重新激发了他在困境之中奋起前行的热情。后来，徐悲鸿把苦难作为知己，以苦难为精神养料，终于成长为蜚声海内外的大师级的画家。在导师达仰身上，他不仅学到了成为艺术大师必须具备的艺术修养，还学到了极为珍贵的人格修养。

让心“着陆”

作家心语：漂浮的心像一片云，风一吹，就散了。心灵为什么会迷失？是因为没有“放下”。放下虚无的追逐，放下无谓的痛苦，放下一切毫无价值的东西，还心灵一片晴空，还心灵一片净土。

著名主持人王小丫在《艺术人生》节目访谈中，谈到自己对待“名利”的态度时，讲了自己的观点——要把心放在它处，跳出名利场来看名利，让心“着陆”。

其实，早年，当王小丫在主持行当里声名鹊起，“红”了后，曾有一段时间，她一直为“名利”所困。晚上，她常常会莫名地想，将来自己如何成为明星，成了明星又该如何走红地毯，是先迈左脚还是先迈右脚等不着边际又无关痛痒的问题，然后一宿一宿的失眠。

有一次，在一次大型电视晚会直播前夕，她又在为即将到来的直播而担忧。她怕因自己忘词或说错词，以及不得当的举止而失去了观众的信任坏了自己的“好名声”。后来，她将这件事情告诉了父亲，说，最近，我又失眠了，我该怎么办呢？父亲听了后，没有说什么大道理，而是给了她一条建议，去为自己做一碗饭吃吧。

第二天清晨，一大早起床，她就照着父亲的建议行动起来，为自己的早餐开始忙碌。像所有的家庭主妇那样，没有梳头，穿着拖鞋的她出现在菜市场，穿行在菜市场里采购蔬菜。在一个摊位前站定后，一位卖菜的大妈用手掐着她的胳膊，心疼地说，姑娘，你吃得这么瘦，怎么工作呀。然后，大妈就向她的箩筐里塞进几个土豆和西红柿，最后还不忘关心地说，姑娘，回家多吃些啊。听着大妈说给自己像关心她女儿或邻居的话语，那一刻，她的心坦然了，快乐重归而来。

后来，她说，那一刻，她又嗅到了人间的烟火，重新体验到了做一个平凡人的幸福，拥有一颗平常心的快乐。那一刻，她的心是如此的踏实，坦然，像飞机着陆一般。

当心被名利所困时，不妨把心放在它处——放在平凡真实而普通的生活中，以一双冷静的眼睛去看名利，以平凡的心去对待名利。心不迷惑了，自然就不会在名利场迷路。

学会适时让心“着陆”，我们的心便不会因在高空中过久漂浮而迷途。

靠智慧自救

作家心语：在无所依靠的生存环境中，只有依靠自己。在四面楚歌的时候，唯有依靠智慧。

读两则故事，触动很大。这两则故事都是关于自救的故事。

一则故事讲的是，一个女青年被骗离开家乡，到远方一个陌生的地方“发财”。哪知，到了地方才知道被人欺骗了，五六个彪形大汉将她挟持在一栋大楼的某个房间里，逼迫她卖淫。女青年不从，伺机逃跑，可在这个封闭的房间里，她的行为被严密监视，她几乎没有任何逃出去的可能。这时她想到了向外求救，可怎么做才能既安全又有效呢？很快，她想到了一个绝好的办法：乘看守不注意，她在房间里寻找到一个烟纸盒，展开从随身携带的物品里取出眉笔，在有限的烟盒纸片上面写上大大的“救命”和“SOS”的字样，为了引起重视，她还将纸片夹在自己随身带来的学历证书里，从窗户口一同抛下来。不久，有人捡到学历证书，发现了夹在证书里的救命纸条，报了警。警察根据纸条上的信息，很快包围了她所在的房间。女青年最终成功自救。

另一则故事，和上面的故事有许多雷同的地方，都是女青年被骗，都是被挟持在高楼里的某个房间里，都有几个彪形大汉控制着。可不同的是，这个女青年太不幸运了，在房间里她找不到纸和笔，也没有随身携带学历证书。但是，女青年却在房间里发现了一张床。这是一张奇特的床，四条腿中有一条是短的，下面垫着三块半截砖头。盯着砖头块，女青年忽然有了主意。她把三块半截砖头取出，悄悄带到窗边。乘人不注意，一甩手，向楼下丢下一块。半分钟后，她看也不看丢下第二块。很快，第三块也被她“凶狠狠”丢下楼。不久，楼下聚集了叫骂“缺德”和“找上去算账”的人群。很快，女青年被挟持的那个房间叫一群义愤填膺的大叔、大妈和青壮年男女包围。在房间打开的一瞬间，女青年开始大声呼喊求救。最终，可想而知，女青年获救了。

这两则故事，让我看到智慧的力量。想来也是，人生旅途危机四伏，什么困境都可能遭遇。人生旅途上，什么才是我们随身携带必不可少的能够自救的行李呢？是财富吗？不，财富终有散尽的时候。是善良吗？不，善良也会成为我们被人利用的弱点。是勇敢？也不，勇敢不是万能的。只有智慧，对，只有智慧才是最好的、必不可失的。因为智慧它不会随时光流逝而减少，反而会不断增多，它也不会成为被人利用的人性弱点受人把持。它是一把充满理性的、隐蔽的利器，拥有它，就可以轻松剖解开人生任何看似复杂的“结”或“劫”。

有哲人说，智慧是人生最大的本领。又有人说，智慧是人生旅途上最轻便的行囊。靠智慧自救，当然会无坚不克，无往不胜了。

窥见你的成长

作家心语：每一段青春都有苦涩和无奈，但在苦涩与无奈的背后，你却不知道，有一双眼睛在默默注视着你，有一双手在默默温暖着你，有一颗心在默默牵挂着你，那就是亲情。是爱，让你安全渡过青春这条波涛汹涌的河流。

讲三个故事给你听。读过，或许你能从中窥见自己的影子。

一

17岁那年，你骑着一辆老式自行车穿过繁华都市。在一个路口和一辆疾驰而过的摩托车撞上了。翻身起来后，你揉着破了的膝盖叫疼，却被对方饿红了脸。一个面目狰狞的年轻人说你撞坏了他的车，向你索赔。

可你哪里有钱呢？不然也不会骑着车几十里路不辞劳苦地拼命往家赶。因为贫穷的家境连坐车的钱也拿不出来。每个周末，你在学校和家之间都是如此往返。

没有钱，人当然是走不了。无奈，对方霸下了自行车，让你走人。于是，你抹着眼泪徒步回家，踏着星月推开屋门。回到家里的时候，月亮都快落山了。你的脚趾磨出了血，疼得直咧嘴。

父亲青筋暴突怒气冲天，责问你怎么回来得这么晚。你胆怯如鼠吞吞吐吐说不成话，末了甩出一句——车丢了。父亲气得一巴掌打过去，你的脸上立刻印出一个五指山。

父亲对你扔出狠话："这一巴掌就是让你长点记性！"

母亲过来为你解围，你才捂着脸回到自己的卧室。

你忍着一肚子的委屈，把脸憋得通红，咬着牙齿把痛吞咽到肚子里。那个夜晚，你饿着肚子睡下。

许多年后，你长大了有了自己的孩子，也有一副硬心肠。和父亲的一次闲聊中，你重提往事，向父亲道出内幕。父亲只是刹那间表示了一下惊诧，就恢复了常态。

父亲说，是呀，那么破的车子怎么会被偷走呢？……人这一辈子总要经历些坎坷，那一巴掌是想教会你忍耐和勇敢。我早猜到你是在蒙我，可没想到你会蒙我这么多年。

父亲的话语让你吃惊。

从父亲深深的叹息中，你窥见了他的精明。但却从他鬓间的白发中，窥见了时光的无情。

二

从小你就不是一个省油的灯，父母无暇管教你，你便无法无天四处惹祸。老师说你聪明能干，就是太调皮了，将来成不了材一定也不是一个平庸的人，意思是说你成不了"好才"就一定是一个"孬蛋"。

母亲也是一名老师，红着脸接受班主任的批评。你站在一边一副桀骜不驯的样子，气得她把牙齿咬得咯嘣咯嘣响。

小学时光你就这样浑浑噩噩地度过了，父母为你费尽了心，你却从不领情。末了，一怒之下甩手不再管你。你从此几乎成了野孩子。

上中学的时候，母亲终于腾出手来，想方设法极力争取，把你送进她所在的学校。母亲对你说，小学管不了你，上中学了，要你在她眼皮底下过日子，看你还怎样猖狂。

每天，你都坐着母亲的单车上学下学。你放学晚了，母亲就留下来陪着你。有时，你早早放了学，母亲却在给学生补习，你只好留下来耐心等待。你翻着白眼表示气愤，母亲却对你置之不理。

渐渐的，你的成绩有了起色。母亲又给你请了家教，有时还亲自给你辅导到深夜。你不再那么调皮了，可是你对母亲还是有些疏离，仿佛父母都不是亲生的，彼此间有厚厚的隔膜。

三年过去了，你终于理解了母亲。母亲教九年级，每天忙得团团转，为班里的孩子操碎了心，哪还是时间管自己的孩子呢?

中考结束后，你出人意料地考上了市一中。父母高兴坏了，你也在心里乐开了花，你没想到自己这棵枯木也能逢春。

假期的时候，你在家里闲得心慌，母亲却要接受近一个月的业务培训。你便主动请缨做起了母亲的专职“司机”。还是那辆单车，骑几十里路，你载着母亲去参加培训，然后再把她接回家。

有一次，母亲抱着你的腰，把脸贴在你的后背上。你感觉自己的后背热乎乎的，忽然你眼里有泪水打转。那天，你发现母亲的目光温柔得如一口幽深的水井，有你从来没有见过的安宁。

三

你谈起她的故事总是滔滔不绝。别人向你请教一个问题，你却向他讲了十个故事。

是呀，都是父亲，都有一颗柔软而好强的心，怎么会不掏心窝地说说。你出色的女儿总能引起别人的好奇，在一次家长会结束后，有人拦住你向你请教教育孩子的秘诀，你便又开始了自己滔滔不绝的演说。你善于讲故事，而且讲得很生动，总会打动人。

你说，孩子9岁的时候，你便告诉她要读好书可以到市里的书店买。那里书的价格便宜种类齐全。比我们小县城的可好多了。

孩子揣着你给的20元钱，高高兴兴地上路了。那次是孩子第一次出远门，第一次到市里，关于书店，你只是给她画一个草图，大致标出来位置告诉她。

孩子既兴奋又惴惴不安，你又把路上注意的事项一一向她交代。在你的鼓励声中，孩子独自上路了。

到了市里一下车，孩子就辨不清东西南北了，哭起了鼻子。可是再怎么折腾也没有人来关心一下，无奈，她只好靠嘴巴解决问题。中间孩子还差一点被骗子骗了，骗钱是小事关键是骗“人”就要了你的命。幸好有好人出面，才化解了一场危机。

那天，孩子回来的很晚，手里捧着一本书在你面前欣喜若狂。可她还饿着肚子呢。

你为她做她爱吃的鸡蛋面，看她狼吞虎咽的样子，暗自抹眼泪。

孩子不知道，那天，你都一路尾随着。孩子坐的是头一辆车，你坐的是第二辆。那一路的心惊肉跳你都看得清清楚楚，可你却忍住不跳出来。

你看她在太阳光下把脸晒得红扑扑的不去管她，你看她饿着肚子在图书馆里乐不可支地读书而心疼不已，你看她在坏人面前手足无措，却装作路人连眼都不多瞥一眼就匆匆而过。

可是，你真实地窥见了她青春成长的模样，看见了成长的疼痛与欢愉。

许多年后，你还给别人讲故事，只是作为父亲的你，在讲完故事后总要发一通慨叹。你说人生原来不过如此，我携你走过青春，你送我走向暮年。我窥见你的成长，你却见证了我慢慢走向衰亡。

这样的话，总让听者无语，你看见他们的泪水在眼眶里打着转儿，自己却笑得一脸从容。

第六辑　永世的赞美

1576年，威尼斯大瘟疫爆发，人们在北部海岸的一栋别墅中找到了提香，和死亡捉迷藏的游戏结束了，他在99岁时终于向死神屈服，结束了他光辉灿烂的一生。而与乔尔乔内形成鲜明对比的是，百年之后，乔尔乔内已经鲜有人提及，而提香，凭借执着的努力与辉煌的成就，留给世人的却是无限的崇敬与永世的赞美。

通向光荣的道路

作家心语： 真理的光芒总能穿过重重迷雾普照人间。著名作家罗兰曾经说过这样的话：人生的乐趣不仅在达到某一目标的那一刻，而更在于继续不断努力追求之中。在这努力追求的过程中，我们觉得生命有意义，活着有价值。而成功与幸福面前，每一个人都拥有追逐的权利和机会。

基里奥是一个艺术天才，他把自己的整个身心、灵魂与生命都投入到了自己热爱的雕塑创作中。他创作的作品极富美感，而且充满了摄人心魄的力量。但不幸的是，他是一个奴隶，就在他刚刚开始进行艺术创作不久，古希腊政府颁布了一条不公平的法律：奴隶搞艺术创作要判死刑。

这条法律给基里奥以沉痛的打击，基里奥内心充满了挣扎与痛苦。当基里奥决定放弃自己的艺术创作时，他的姐姐基里奥拉站了出来。她对他说："到我们房子下面的地窖去，我给你点灯，给你粮食，继续工作吧，上帝会保佑我们的。"

姐姐的话给了基里奥莫大的勇气。在姐姐的陪伴和保护下，基里奥躲藏在黑暗的地窖中，废寝忘食夜以继日地工作。很快，他就创作出一组令他满意的作品来。

不久，雅典举行了一个艺术展览会，主持展览会的是政府显要兼艺术家波力克，而参加展览会的人几乎全是古希腊当时最杰出的艺术家和学者，其中就包括最著名的雕塑家菲狄亚斯和哲学家苏格拉底。基里奥不想放弃这次展示自己的机会，就悄悄地将自己的作品送了过去，陈列其中，并和姐姐躲藏在人群中观察人们的反应。

展览会上，大师的作品让人们流连忘返。但是有一组没有署名的大理石雕塑作品，很快引起了所有艺术家的注意，成为了人们参观的焦点。大家都围过来欣赏。

“这简直就是阿波罗神自己的作品”，有人赞叹说。“这组雕塑作品，太完美了，显然比大师们的作品更加出色”，还有人给出这样的评价。在它面前，所有艺术家除了交口称赞、心悦诚服外，心中竟然没有一丝妒意。

这是谁的作品，人群中有人询问。听到提问后，传令官就在人群中大喊：“这是谁的作品？”喊话在大厅里回荡了很久，竟然没有人回答。传令官又重复了一次，可仍然没有人应答。这时，传令官禁不住自言自语起来：“怪了，难道这是一个奴隶的作品吗？”

大家正疑惑不解，人群忽然一阵骚乱，一个衣发散乱的美丽少女被拖了出来。有一个官员模样的人指着她说，这个姑娘知道这组雕塑作品，我敢肯定，但是她不肯说出雕塑作者的名字。

被指责的少女站在人群前，紧闭双唇，目光中闪烁着坚定的神情。那位少女就是基里奥的姐姐基里奥拉。

官员问她，这是谁的作品，她不开口。人们又告诉她这样的行为是要被惩罚的，她仍然不说话。

“那么，法律是强制的，我是执法大臣，把她关进地牢去。”主持人波力克生气地发话了。

波力克话音刚落，一个留着长发、面容憔悴，而眼中闪烁着智慧光芒的年轻人，冲到了他面前：“放了她吧，我是雕塑者。那组雕塑是我的作品，一个奴隶的双手的劳动。”

果然是一个奴隶的作品。人们愤怒了，鼓噪着高喊：“下地牢！下地牢！……该死的奴隶！”

一时，展览大厅，喊杀声震天。人们翘首期待着波力克下令将这两个违反法律的奴隶抓进地牢处死，以维护法律的尊严。

但是，波力克沉思了一下，忽然羞愤难当，激动地说：“不！只要我还活着，就要保护那组雕塑！是阿波罗神用这组雕塑告诉我们，在希腊，有比一条不公正的法律更崇高的东西。法律最崇高的目的就是保护和发展美好的事物。雅典之所以能闻名世界，那就是因为她对艺术不朽的贡献。这位年轻人不应该下地牢，而应该站在我的身边！”

波力克的话赢得了人们的阵阵掌声和一片赞同声。他的助手阿士巴莎箭步走上前，把手里标志着胜利的橄榄冠戴到基里奥的头上，而且，他又亲吻了一下基里奥那勇敢而深情的姐姐，以表达自己的敬意。

这件事情过后，古希腊政府废除了那条不公正的法律。为了繁荣文化艺术创作，国家还为艺术家们提供更多、更好的帮助。不久，古希腊政府为奴隶出身已经惨死的寓言家伊索树立了一尊雕像，表示对他的尊敬和怀念，并以此昭示天下：通往光荣的道路是向所有人开放的。

古希腊用自己博大的胸怀，包容一切从事文化艺术创作的人，并给他们以无比崇高的荣耀与丰厚的财富。可这在当时，还没有哪个国家能够做到。正因如此，古希腊造就了一大批闻名世界的艺术家，并创造了灿若星河的艺术文化。

没有完全盛开的鲜花

作家心语：成长不要将自己以一种成熟的姿态“固化”，而应该像登山那样，不断上山和下山，在征途中获得成长的力量。始终保持一颗鲜活、快乐的心灵，生命就是一泓清泉。不过分苛求，才会拥有自在、从容的心境，才能翻越更高的山峰。

毕加索是举世公认的20世纪最具创造性和影响最深远的艺术家，被誉为是“20世纪艺术的领路人”和“一个点石成金的稀有人才”。

这个天才画家，16岁就举办个人画展而一举成名，直至92岁故去，一生共创作出37000多件艺术珍品。这些艺术珍品，忠实记录了他在现实主义时期、蓝色时期、粉红时期以及各种画风杂交时期的几乎所有探索痕迹。

毕加索的艺术之路最显著的特点，是画风不停的改变，以致让观众应接不暇而骂他是“邪恶的天才”，而评论界则惊斥他为“艺术的变色龙”。这个被人们称为美术界的“天才”与“魔鬼”的艺术家，虽然画风诡异多变，但他的每一个时期都有极富创造力的稀世珍品。

关于毕加索的成功秘诀，历来答案种种，各不相同。有人说他的成功是缘于他的“绘画天赋”，也有人引用毕加索本人的答案来说明——向儿童学习。但是，后来有人研究了他的全部作品后又有了新的看法。人们发现了一个惊人的天大的“秘密”：毕加索的作品像是没有完全盛开的鲜花或各类未成熟的鲜果。这就是毕加索能不断超越自己，创作出优秀作品的全部秘密所在。

原来，每当他开启一个新艺术创作时期，他都会全身心地投入进去，疯狂地进行“创新”，经过不断探索，逐渐形成自己的独特艺术风格。他的创新只是为了追求“成熟”，因此他总在逼近“成熟”的道路上前进。但是，他也明白这样一个艺术真理：鲜花完全盛开了就开始走向败落，而鲜果一旦成熟了就开始腐烂。因此，在“鲜花完全盛开，鲜果真正成熟”之前，他必须及时、果断、痛苦地超越这个“成熟”。而他选择超越“成熟”的方式是：放弃已经获得极大声誉的画风，冒着失败的风险，另辟蹊径，从头再来，去追求、探索不成熟的新画风。

永远处于“盛开”和“成长”的状态，这就是毕加索的成功秘诀。毕加索的成功之道，让我很自然想到了另一位当代艺术界声名显赫的成功人士——刘墉，两人的成功可谓如出一辙。

刘墉曾经一度是享誉中国台湾的知名电视主持人，拿了许多大奖。但是，在他的主持事业走向巅峰之后，他毅然选择了离职，开始在美术界闯荡，之后，他又转到新闻界、出版界，成了一位出色的记者、编辑、出版人。每一个行当，他都做得风生水起。后来，他的写作才华得以充分展露，成为华人界最受读者爱戴的著名作家和学者。

后来，有人不解地问他，为什么在人生的道路上不停地“换道”？刘墉的回答是：“道理很简单，就好比一个人登山，历尽千辛万苦到达顶峰时，唯一的选择只有下山。一方面是开始走下坡路；另一方面，如果还要登另一座山，那么首先要做的就是从现在的山上下来。”

永远走在上坡路上，这就是刘墉给成功下的注解。华人首富李嘉诚也深谙此道，从“塑花大王”到“地产巨头”，再到“多方位投资”，每一次生意场上的华丽转身，都是在“高潮”时落幕，再从另一个“低潮”开始。

走向成功，就是一个不断超越自己的过程。而“成熟”和“顶峰”是一个走向新的成功，无法逾越的“鸿沟”。因此，绕道而行，另起一行，就成为一个不错的选择。

超越了“成熟”，才能走向新的“成熟”；走下“山峰”，才能登上更高的“山峰”。

成功的人一直走在路上。因此，要成功，你就要记住：永远做一朵“没有完全盛开的鲜花”和一枚“还未成熟的鲜果”！

信念无敌

作家心语：信念改变人生，信念改变世界，信念征服困难。只要信念的旗帜不倒，一切艰难险阻都将成为云烟。信念的力量在于即使身处逆境，亦能帮助你扬起前进的风帆；信念的伟大在于即使遭遇不幸，亦能召唤你鼓起生活的勇气。信念，是蕴藏在心中的一团永不熄灭的火焰。信念，是保证一生追求目标达成的内在驱动力。信念的最大价值是支撑人对美好事物孜孜以求。坚定的信念是永不凋谢的玫瑰。信念的力量是无穷的，信念的迷失对于一个人来说就意味着灾难。

1900年初，德国举国上下都在关注着这样一个让人惊心动魄的冒险活动——独舟冒险穿越大西洋。

这是一个勇敢者的游戏，与大海搏斗就是一场生死未卜的赌博，许多人都望而生畏。然而，还是有一批批勇士，陆陆续续、奋不顾身地踏上了冒险的征程。

人们在钦佩这些勇士的过人勇气之余，无不期待他们平安归来。可随着活动的开展，人们开始失望和痛苦起来，因为噩耗总是不断传来。在这次冒险活动中，先后有100多名勇士，相继葬身，无一生还。冒险活动最终以失败告终。这次活动的最终结果，似乎在向人们昭示着这样一个不容置疑的残酷现实：独舟穿越漫长无比、凶险难测的大西洋绝不可能。

一时，舆论哗然，纷纷出来指责，一致认为这项活动纯属胡来，人的体力根本不可能胜任这样的远洋横渡。

人们都沉浸在悲痛与失望之中，无不慨叹这件事情的荒谬。这时，一个青年人却挺身而出，提出截然相反的观点——独舟冒险穿越大西洋是完全可能的。在他看来，那些勇士之所以不能成功，不是肉体上不能胜任，而是败在了精神上。也就是说，他们不是死于体力上的限制，而是死于精神上的崩溃，死于在冒险中产生的恐慌和绝望中。他坚信，一个人，只要有足够的信心，就完全可以胜利完成这次冒险活动。

这名提出相反观点的青年名叫林德曼，是一名从事精神病防治的医学博士。林德曼为什么会这样认为呢？原来，他在治疗精神病的实践中发现：许多精神病患者都是些丧失了信心，缺乏毅力，感情脆弱的人，他们受不了外界的压力，从而导致了心理上的紊乱。甚至身体健康的人，由于心理上的原因也会使自身产生生理和心理上的各种疾病。最后，林德曼博士下了这样一个结论：一个人只要对自己永远持有信心，就能保持精神和肌体上的健康。

他的观点一经提出，人们表示大为震惊和不解，更难以信服。为了验证自己的观念，说服人们，林德曼博士不顾亲人和朋友的坚决反对，决定亲自作一次横渡大西洋的尝试。

这是一项前无古人的心理学试验，他决定以自己的生命作为实验的代价。因为有前车之鉴，他还是积极做好了充分的准备。他相信自己的体力和技术，但更坚信信念的力量。

1900年7月的一天，林德曼博士独自一人驾着一叶小舟驶进波涛汹涌的大西洋，开始了他独舟横渡大西洋的伟大壮举。

航行很快就遇到了困难。在咆哮的大西洋上，一叶小舟会是怎样艰难地航行着？大西洋上，不时巨浪滔天、狂风大作，将他的小船打得摇摇晃晃。后来，小船的桅杆折断了，船舷被海浪打裂了，船舱进水了，眼看船就要沉没。船舱内，只见林德曼博士一边把舵把紧紧地系在腰际，一边腾出手来舀船舱里的水……面对着惊涛骇浪，他神情坚毅，毫无畏惧。

这次航行，他遇到了难以想象的困难，多次濒临死亡，眼前时常出现幻觉，甚至连运动感也会处于麻木状态。有时，他真的绝望了，每当这个不好的念头在心中一闪，他马上大声自责：“懦夫，你想重蹈覆辙，葬身此地吗？不，我一定能够成功！”

生的希望和求胜的坚定信心，让林德曼无比坚强，他克服了重重困难，最终成功地横渡了大西洋。

实验取得了让人难以置信的成功，许多人都被他的精神所感动。他平安归来后，向人们这样诉说他内心的真实感受：“我从内心深处相信我一定会成功。这个信念在艰难中与我自身融为一体，它充满了我周身的每一个细胞……结果，我成功了。”

林德曼博士这个伟大的心理实验在向我们昭示着这样一个真理：一个人只要对自己不失望、不放弃，永远对自己充满信心，精神就不会崩溃，就有可能战胜一切困难，取得成功——信念无敌。

拼的就是想法

作家心语：思路决定出路，创意改变人生。

一家广告公司对外招聘广告总监，提供的条件非常优厚——年薪30万元人民币。一时，应聘者趋之若鹜。

为了选拔出最为出色的人才，面试当天，公司的老板亲自上阵，担任主考官。面对这些广告精英，老板先派工作人员给应聘者每人发了一张白纸，然后微笑着告诉大家：请先把自己的名字写在纸上，然后在纸张的空白地方随便做文章，最后，一起把纸从办公室的窗户扔出去，比一比，谁的纸最抢手，谁就是我们聘用的广告总监。

老板交代清楚后，应聘者纷纷行动起来，各显神通。为了吸引人，他们中有的在纸上画着什么，有的在书写着什么，还有的在忙碌着粘贴……一时，五花八门，什么样的办法都有。

时间到了的时候，老板示意大家停下来，然后组织大家一起往外扔。老板说："现在大家把纸拿到窗前，我数一二三，大家一起扔！"

一，二，三——扔！

老板话音刚落，一瞬间，纸片如雪片般从空中向下四处飞舞，场景甚为壮观。路过的行人为此纷纷驻足观看，然后低头拣起地上的纸观看。这时，老板看到，有的纸张，被路人看一眼就扔掉了。而有的，行人拿起来细细观赏玩味了很久。但最引人注目的是，有一张纸，在飞下去的瞬间，竟然引起了一阵子骚动——街道上很多人快速地围过来，争抢它，就连警察也都被吸引了过来。

老板在窗口驻足观看，看到此景，立刻派人下去查看，看那张被人围观争抢的纸上，究竟写着谁的名字。去的人很快返回来，向老板报告。

老板听后，高兴地叫人把那张纸的主人叫了到眼前，很是好奇地询问他，年轻人，你到底施了什么魔法，在纸上写了什么，竟然引起大家去哄抢它？

年轻人微笑着告诉他："其实，也没什么。我不会写诗和名句，我只是在这张纸上贴上了3张一百块钱的人民币而已。"

老板听完，一脸赞许，高兴地拍着年轻人的肩膀说："小伙子，我们就需要你这样有创意的广告总监，30万年薪是你的了。"

成功，有时拼的就是想法。敢于与众不同，你才会脱颖而出。

做自己的“伯乐”

作家心语： 每一个人都可以成为自己的心灵导师，都可以成为自己的伯乐。

英国著名化学家戴维去世前，有一位朋友前去看望他，问他：“你一生最伟大的发现是什么？”他的回答是：“我最伟大的发现是法拉第。”当年，颇负盛名的戴维在皇家学院开讲座。去听讲座的人很多，热爱科学的法拉第通过朋友的帮助也得到了一张珍贵的入场券。

戴维讲得非常精彩，法拉第认真地做起了笔记。回去后，法拉第对笔记进行了认真整理。戴维的演讲四次加在一起不过4个小时，而他却整理了380多页。戴维讲到的内容，他全记了，没有讲到的内容，他也做了相关的补充，并配上了精美的插图。后来，法拉第把它装订成了一本书——《亨·戴维爵士讲演录》，并寄给了戴维。

戴维收到了书。他从法拉第记录、整理、誊写、装订的技术中看到了法拉第那有条不紊、严密细致的做事风格，这正是做科学研究不可或缺的品质。不久，戴维接见了法拉第，并郑重地向英国皇家学院举荐了他。正是因为戴维的发现，并通过自己的努力，法拉第从一名普通的店铺学徒工成长为一位举世闻名的科学家。

多一份对自己的正确认识，就多了一份对自己人生的准确把握。如果相信自己是一匹千里马，就不要无奈地等待发现你的伯乐。勇敢自信地做自己的“伯乐”吧！

王者的败姿

作家心语：真正的王者是不畏惧失败的人，是不断跌倒又站起来的，是在挫折与屈辱中成长起来的。失败并不可怕，可怕的是面对失败得出的人生经验是否正确或于自己有益。失败是一块“试金石”，它可以暴露出一些我们之前所不知道或不甚清楚的东西。失败也是一块“点金石”，那些聪明的人，能够从中找到通往成功的“捷径”。

2002年，背负着全国人民的殷殷期望，姚明奔赴美国，加盟休斯敦火箭队，成为了一名真正的NBA职业篮球运动员。

对于他的到来，美国民众同样充满着期待，还抱有种种不同的猜测——他们不知道这个身高2.26米的年轻人，究竟能给NBA带来些什么。然而，绝大多数人的判断是，这个来自中国的大个子球星，一定行，所以正面的宣传还是占了主流。于是，他很快登上了美国各大媒体的头条新闻，与那些“积极”、“伟大”的词汇捆绑在一起。美国著名体育杂志《体育周刊》，还将他的身影印在了其封面上，大肆宣传，寄予厚望。一时，姚明来到NBA，世人皆知。

10月30日，休斯敦火箭队赛季首战印第安步行者，姚明也将随火箭队参战——这是他在NBA赛场上的首次亮相。这场比赛，对于他来说，意义非凡。比赛远还没有到来，美国和中国各大媒体就以姚明为“招牌”，做足了宣传。而且，这场比赛还将在全美直播，中国中央电视台也将同步转播现场比赛实况，全美国的几百万球迷和三亿多中国球迷，将同一时间共同观看姚明的第一场NBA比赛。

然而，那场比赛却让所看好姚明的人大失所望。姚明第二节以替补身份上场，一上场，面对印第安步行者潮水般汹涌的进攻，立刻被冲得左倾右倒，不知所措。场下的美国民众，看到这个笨拙的傻大个儿，无不摇头，甚至有人为此笑翻了。整场比赛，他只上场了8分钟就被叫下场。最终的比赛结果，火箭队以82比91败于印第安步行者。而关于姚明的统计数据是，2个篮板，2次失误，3次犯规，得分为0。

这是一个异常艰难的开头，谁都没想到，在中国球场上叱咤风云的王者，会在NBA的首场比赛上输得如此狼狈与凄惨。美国民众似乎一下子就看透了这个来自东方的家伙——他只是个蠢笨的大个子而已。

比赛过后的姚明，迎来的是美国社会各方如潮水般的嘲笑、蔑视、否定与怀疑。“姚明不行”的观点一时大行其道。这样的遭遇与他当年加入上海队时是那样惊人的相似。而此时的姚明，虽然有些沮丧，但却没有惊慌；很坦然地把失败看得很淡。他并没有被眼前的失败压垮，他更不会在意别人说什么——你打得这么差劲，别人那样说很自然。他开始积极适应环境，主动调整状态，学习和队友配合，并进行极为冷静的思考。失败是一面镜子，在这面镜子里，他看到了个人的优势——身高和技术，也看到了个人的不足——速度和力量。针对个人身上的不足，他开始进行刻苦的相关训练，面对未来，他仍然自信乐观。惊人的转变就这样在失败中积攒。

11月17日，休斯敦火箭队赴洛杉矶，挑战NBA冠军队——湖人队。所有人都认为，这是一场没有悬念的比赛。在缺少了球星沙克·奥尼尔的情况下，湖人队教练菲尔·杰克逊表现得依然非常轻松，曾胸有成竹地对记者说，要将火箭队打得落花流水，将姚明拆成两半儿。比赛前夕，美国的一个体育节目主持人还在节目中，和另一主持人打赌，预言姚明不行，如果姚明能拿到19分，他将亲吻一下姚明的屁股。

火箭队与湖人队的比赛如期开始了。比赛一开始就以一边倒的形势向前发展，火箭队面对湖人队的迅猛进攻，溃不成军。第一节过后，湖人队遥遥领先。姚明依然是第二节上场，所有人都没有想到，这场比赛从此开始成了姚明的完美表演赛。一次跳投，两次远投，三次上篮，9投9中，2罚2中……赛场上出现惊天逆转，比分正悄悄发生着变化，姚明精准的跳投，梦幻般移动的背身上篮，羽毛般柔和的勾手投篮，令球迷们为之疯狂，赛场下的球迷情不自禁地开始集体为姚明唱起了充满赞美的“姚之歌”。

那次比赛，火箭队最终战胜NBA冠军队——湖人队，这是三个赛季以来的第一次获胜。姚明上场23分钟，得分20分。比赛结束时，疯狂的球迷为姚明热烈欢呼。而体育主持人巴克利不得不兑现自己当初许下的诺言。不能去亲姚明的屁股，别人为此就特意为他买来了一头驴，当着众人的面，让他亲吻了一下驴屁股。

几乎是一夜之间，姚明就从一名被人藐视的新人蜕变成一个冉冉升起的大球星。2002年，姚明因为出色的战绩，被评为“NBA状元秀”。

后来，姚明和别人重新谈起这段经历时说，首场比赛失利后，他的压力其实非常大，但最终他选择了坦然、乐观与勇敢。面对媒体潮水般的嘲笑，记者刻薄尖锐的提问，他毫不避讳，坦然微笑地说："我对今晚很失望，但任何事情都有一个开头——这就是我的开头。"

失败是一面镜子，弱者从中看到的只有失败，而强者却能从中看到希望、成功与美好的未来。这就是一个真正王者的败姿——面对失败，如此的坦然，让失败一笑而过，冷静思考过后从头再来。

耻辱是我们的“加油站”

作家心语：负能量也是一种能量。把负面信息化为正面力量，不仅可以摆脱噩梦，还可以抵达成功与幸福的彼岸。古语说，知耻而近乎勇。知耻的人，是有尊严的人，是有信念的人，是一个有追求的人。耻辱不仅属于曾经灰暗的历史，也是需要时刻铭记的未来。擦亮自己那颗“耻辱心”，用行动来捍卫自己的尊严和信念，才会真正拥有别人对你的尊重和信任。感谢那些侮辱过你的人，是他们给予你无穷的力量，从后面“推了你一把”，让你在前行的路上走得更加扎实。

1996年，刚刚20岁出头的刘国梁初露锋芒，在“中国乒协杯赛”上与孔令辉合作，夺得男子双打冠军，个人也勇夺男子单打第三名。之后，他顺利成为备战第26届亚特兰大奥运会的国家乒乓球队男运动员之一。那时，他心气极高，对未来充满自信，渴望在奥运会上一显身手。

然而，和同期的队友相比，当时刘国梁的成绩并不是最好的。王涛、孔令辉，都已是世界级的冠军。在众人眼里，似乎只有丁松和他站在一个起跑线上。

正式参赛的乒乓球男运动员名额只有三个，人选还没有定下来。大家都在下面暗暗较劲，拼命地训练着。而刘国梁和丁松暗下里的竞争尤为激烈。

一天训练间隙，刘国梁到队友王涛家里玩儿。那天，王涛很神秘地递给他一张报纸，他没有多想就接过来看。几分钟后，他蹙起眉头，显得有些不安，心情沉重地盯着那份报纸上的一篇文章反复地读。临走时，还悄悄地把那份报纸揣在身上带走了。

从王涛家回来后，昔日自信拼命的刘国梁，训练起来开始有些松懈和不自信，问题很快暴露出来了。

不久，刘国梁参加了一次对外公开赛，第一轮应战的他一上去就被打得稀里哗啦，惨遭淘汰。坐在下面观战的蔡振华教练异常震惊。

刘国梁败下阵来后，走到观众席，坐在蔡教练身边，默默地看后面的比赛。这时，蔡振华看了他一眼，很是不解地问："国梁，最近你是怎么了？今天怎么打成这样？"刘国梁面无表情，没有正面回答，而是从乒乓球拍的板套中取出一份报纸，默默地递给蔡振华。蔡振华一愣，读完报纸后，他抬起头望着闷闷不乐的刘国梁，说了这么两句话："你相信我会说这样的话吗？封闭训练期间，我从来不接受媒体采访。"说完后转身离去。这时，刘国梁才展开眉头。这些天压在心上的石头终于落地了。

之后，刘国梁全身心地投入备战训练中，积聚在心中的力量迅速迸发出来。后来，他顺利入选第26届亚特兰大奥运会的中国乒乓球队男队参赛名单。在那届乒乓球比赛中，他所向披靡，获得男双、男单双料冠军。不久，他又成为中国第一位世乒赛、世界杯和奥运会"大满贯"获得者。

2003年6月23日，刘国梁出任国家乒乓球队男队主教练。2008年的北京奥运会上，他率领中国男子乒乓球队囊括了男单、男双和团体冠军3枚金牌，被人们称为“乒乓神手”“金牌教练”。

然而，十多年过去了，他仍然珍藏着那份报纸，永远都记得那篇标题为《蔡振华语出惊人》的文章。里面，作者以采访者的口吻阐述了蔡教练对第26届亚特兰大奥运会的战略意图与布阵安排。最后，作者得出的结论是——丁松上，刘国梁下。这份不够客观的报道，曾经是刘国梁心中无法抹去的痛。

后来，有人提到这件事情，问他：“这份报纸上的报道，对你来说简直就是一种羞辱。可你为什么还要珍藏它呢？”他笑了，这样回答：“虽然它不够客观，可它至少反映了那时我的水平还不够稳定，还没有赢得大家的信任。更为重要的是，它对我的刺激太大了，成了我不断努力的强大动力。”

或许，从另一个角度看，正是那份报纸，成就了今天的“乒乓神手”与“金牌教练”。

面对旁人的怀疑、否定甚至羞辱，我们可以自甘堕落，可以反唇相讥，可以不予理睬。除此之外，还可以像刘国梁那样，把它当作自己的一份耻辱，珍藏起来，用来激励自己，让它成为我们奋斗不息的“加油站”。

人可以落魄，但不能失魂

作家心语：只要爱与信念不灭，再多的苦难都会被踩在脚下。

他是华山最震撼人心的一道“风景”，每个来过华山旅游的人，在他面前无不肃然起敬。自古华山一条道，万丈悬崖间，他是唯一一个独臂挑夫。20年前，面对失去妻子的痛苦、自己残缺的身躯、两个尚未成人的孩子、年迈的父母和一贫如洗的家境，他没有选择放弃与逃避，而是毅然决然地将家庭所有重担扛在了自己唯一一个肩膀上，直到今天，他仍然在与命运抗争。

人生的不幸，于他而言，是从1989年开始降临的。那一年，他年轻的妻子生下小儿子后，因风湿性心脏病而撒手人寰。留给他的是两个需要人照料的孩子和12000元的债务。那时，12000元对一个城市普通家庭来说都是个天文数字，何况他只是一个贫困山区的农民。

面对困境，他决定外出打工攒钱。他把两个孩子托付给父母后，跟着一位老乡去了邻省的一个煤矿，下井干活。那个时候，他心中只有一个念头，一定要多挣点钱。那天，一位工友有事不能上工，为了多挣点工钱贴补家用的他决定去顶班。却不知道，灾难已经向他慢慢逼来。在他卖力工作之时，一辆大型绞车突然出了故障，钢丝绳滑落下来，直接甩向了他。他当即失去了知觉。

在医院里躺了整整两天后他才醒来。他发现自己已经永远失去了一只手臂。出事后，黑心的矿主只给了他4200元就让他赶紧走人。为了生活，即便如此，他仍乞求矿主能把他留下来，哪怕扫地看门都行。但矿主不答应，让他拿钱赶紧走人，还威胁，不走就杀了他。无奈，他带着残缺的身体，带着凄凉而归。没想到，4200元中的2000元还没到火车站就被小偷偷走了。

他又回到了那个贫穷的小山村。血汗钱被扒掉的事，把自己的小弟气得快哭了。为争这一口气，弟弟继续外出打工。很快，弟弟又出事了。好好的一个人出去，回来的却是一个骨灰盒。家庭接连不幸的遭遇让他心如死灰，绝望的他痛责命运不公，为何处处都在针对他们一家人。

弟弟去世后，家里的负担越加沉重，他在家既当爹又当妈拉扯着两个孩子，生活愈加艰难。这时，亲戚朋友纷纷劝他利用残疾人的身份去乞讨。他断然拒绝了这个建议。在他看来，人格要是丢了，是买不回来的。

1999年，他只身来到上海寻找出路。一晃40多天过去了，除了无数白眼和呵斥，他一无所获。这时，他动了轻生的念头。但一想到家人，想到两个未成年的孩子和年迈的父母，徘徊许久的他又打消了这个念头。

那一年，无路可走的他来到了华山，凭着自己一身力气和对命运决不服输的劲头，在华山，选择做了一名令常人都有些胆寒的挑夫。在这条所谓的“自古华山一条路”，沿途要经过“华山天险第一关”——五里关、“华山第一险道”——千尺幢，还有两侧千丈绝壁的苍龙岭……即便身无一物的游客，行走起来都异常艰险，何况是身有重负、只有独臂的他呢？

一个背篓、一支拐杖、一条毛巾、一桶水，加上简单的干粮，这就是他全部的家当。每天，他都要背负重达数十斤、上百斤的货物，往返数十里险关峻道。这条艰险陡峭危机四伏的华山路上，遍布悬崖峭壁，旁边就是深深的沟壑，行走在276个台阶的千尺幢险道时，路窄得仅容一人通过，而且脚步要精确到一厘一分，其他挑夫累了可以换换肩膀，脚步不稳可以扶着铁链，断臂的他却不能，他只能选择顽强努力与不懈坚持。对于这个收入微薄又不易的工作，他格外珍惜，一做就是10年。10年里，他背过饮料、蔬菜，也背过面粉、煤气罐，往返华山3000余个来回。

在经历了无数失败与打击之后，他的人生从此开始有了转机，开始有了希望和快乐。他把华山当作自己的家，渐渐喜欢上了华山，喜欢登上山峰呼吸着新鲜空气的那股舒畅劲，喜欢看华山石刻那些遒劲有力的书法。自信、乐观再次充盈他的内心。他变得很健谈，常常和游客拉起家常，还培养起了练字、识字的好习惯，家里堆着他几年来厚厚的习作。

他叫何天武——华山唯一的独臂挑夫。一个46岁的汉子，不惑之年，还在继续他的“挑夫人生”，与命运抗争。

在他的房间里一直贴着这样一幅条幅——《拼搏》。这个条幅是他写给自己的，他常常站在条幅前对自己说：上山时虽然每走一步都很艰难，但是只要有勇气就能把事做好。他的故事感动和震撼了许多人，生活的艰辛和挑夫的毅力让人们敬佩于他的品格与精神。别人夸赞他为“真正的汉子”，而他留给别人的话语却耐人寻味：人可以落魄，但不能失魂。

原来，人生而言，通往幸福之路不过如此：当你失败了，记得站起来重新再来，只要你不放弃努力，人生依然会很精彩。

你不能这样离开

作家心语：不要轻易放弃。只要道路正确，你要相信，成功就在下一秒。坚持，再坚持。冲破黑暗的枷锁，迎接黎明的曙光，在最黑暗的时候要学会坚守。正如马云所言：今天是黑暗，明天是黑暗，后天是黎明，很多人都死在明天晚上。成功有时就是再挖掉一钎土。

他出生在一个军人家庭，从小就喜欢运动。之后，他做了一名游泳运动员，而他的理想却是飞行官。为了实现心中的梦想，他做了许多努力，而且还参加了相关考试，并顺利通过。

如果不出意外的话，他将顺利成为一名合格的飞行官，自由翱翔蓝天。

可命运偏偏给他开了一个小玩笑。2002年，一个偶然的机会，20岁的他陪一位朋友去一家娱乐公司试镜，不料竟然被公司一眼看中，而后成功拍摄了一部歌曲的MV。这次触电，让他对表演突然产生了兴趣。带着冲动与对未来的遐想，之后不久，他签约了一家模特经纪公司开始了自己的艺术人生。

起初，他以走秀、拍摄广告为主，也与一些知名歌手合作出演他们MV的男主角。再后来，他开始涉足影视圈，拍起了电影和电视剧。

这样的日子，一晃就是六年。六年来，他出演了五部电视剧和两部电影，还尝试开始了自己的歌唱事业。可无论怎么努力，他始终都不温不火。面对暗淡的星途，他开始有了厌倦，开始对自己当初冲动的选择产生了质疑，他甚至想到了放弃。恰在这时，他的家人也开始规劝他“早早找些正经的事情去做”。他在电话里略带些哀伤与失望地跟妈妈说，我要回去，好好读书，不再玩儿了。

他要离开的消息传开后，许多人都来劝他，可他都不为之所动——一时，他似乎去意已决。这时，有一个朋友对他说了一段话，彻底改变了他的想法。朋友诚恳又略带嘲讽地对他说：“若将来你的小孩问你，爸，你从前是演戏的，那么你有没有当过男主角？难道你跟小孩说‘噢，没有，爸爸演来演去都没有当过男主角。’——这样太丑了吧。”朋友的话说完后，他的心开始疼痛起来——是呀，我不能这样子离开。要离开也要风风光光地离开呀。

爱面子的他决定暂时留下，和命运做最后一次抗争。他跟妈妈请了六个月假，这六个月他要对自己的艺术人生有一个了结。这六个月里，他接拍了两部电视剧，忙得不亦乐乎，亦不可开交。

本想就此打道回府，人生从此另起一行，可上天却开始垂青于他。

2008年，由他主演的《命中注定我爱你》，一炮而红，开创了台湾偶像剧史上的收视奇迹。而另一部电视剧《败犬女王》，也火得一塌糊涂。

在百般努力之后，他终于迎来了自己艺术人生的春天。他又开始全身心地投入到自己的事业中来。他忙得停不下来了，一部一部接拍影视剧，而且还顺利发行单曲《勇敢爱》，在影视剧之外的歌坛也成功占据一席之地——他就是台湾当红小生阮经天。

2010年11月20日晚，第47届台湾电影金马奖揭晓。阮经天凭借在《艋舺》中的出色表演，一举击败之前被媒体看好的王学圻、倪大红等人，获得第47届金马奖最佳男主角，成为新一代影帝。

是呀，面对失败，你不能这样子灰溜溜离开，要不你永远无法得到命运的垂青。

每天为梦想而战

作家心语：斗士精神是一种可贵的精神，那种不屈不挠、决不放弃的精神是每一个人都应该学习的。

初中毕业那年，由于“文革”的开始，他失去了升入高中继续读书的机会。后来，他就和同时代的城市青年命运一样，离开了熟悉的城市，来到农村当下乡知识青年。当年，他被派到一个农场进行“社会主义再教育”。他在农场干得热火朝天时，农场新建了一所小学，缺老师，在干了九个月的农活后，受上级指派，他又转到新建农场的这所小学教书。那年，是1969年，他19岁，一干就是两年。

就是这两年的教书生涯，影响了他整整一生，决定了他以后的人生路途。教书中，他越发觉得自己的思想与教师职业非常吻合，心与心是那么地贴近。他是多么热爱这个职业呀！可是两年后，正当他干得津津有味之时，组织又派他到一家电机厂工作。虽然一万个不情愿，但在那个年代，服从命令是唯一的选择。他不得不离开自己心爱的学校，走向工厂。

在工厂工作期间，他寝食难安，一直没有放弃当教师的念头，每天坚持进行教育专业的相关学习，为实现梦想做准备。此外，他先后以书面或口头的形式，不断向单位领导提出申请——重返教育岗位，做一名教师。

在申请书中，他言词恳切，这样写道："看到各行各业特别是教育战线在党的领导下走向大治的喜人局面，自己却没有机会献上一分力气，心里像有一团火一样熊熊燃烧。我无比焦急地请求领导能体谅到自己的心情，批准自己的申请。只要是教书，不管是到农村一般学校，还是到更困难的偏僻山区的学校，我都会踏踏实实、勤勤恳恳、满腔热情地去干……"这样的申请，他一次次满怀热情地提出，一次次都被领导断然拒绝了。

当年，他的这一行为，令许多人不解，因此他被许多人冠以"傻子"。那个特殊年代，教师地位远远不能与现在同日而语，远还没有成为"太阳底下最光辉的职业"。"宁挣三斗糠，不当孩子王"、"好好干，我让你去当售货员"是那个年代的一大特色，教师弃教，每年还要有名额，只有表现积极，争取到了弃教名额才能转行。就在那样的一个年代，他偏偏要反其道而行之。特别是当他入厂后，被确定为厂级领导接班人有望走上仕途之后，他仍旧这么执着。而这样的争取，他一争就是6年。

入厂的2000多个日日夜夜，他每天无不在梦想重新回到学校，每天都无不在为做教师而做着各方面的努力。经过长达6年的强力争取，向领导提出申请多达150多次后，他终于获准当教师，实现了自己教书的愿望。他被组织派到县第三中学当语文教师、班主任。而那一年，他已经28岁了，仍然孑然一身。之前，为了圆教师梦，他一直把自己的婚事置之一边，从来不去考虑。

从此，他又开始了他的教育生涯，以火热的工作激情投入到自己热爱的教育工作中。只有初中学历的他，凭着超人的毅力，和对教育的满腔热忱，靠自学和实践，从一个农村中学教师迅速成长为一名全国知名的教育改革家。

后来，他成名了，被评为全国优秀班主任、全国劳动模范、全国中青年有突出贡献的专家，每天依旧在为心中的教育梦想而不停地忙碌。就在他当了市教育局局长后，仍然割舍不去心中的教书情怀，百忙之中，坚持上课，做着不挂班主任名的班主任工作。现在，花甲之年的他，仍然像个年轻人，精神抖擞，每天都充满激情地工作着。

因为热爱教育，积极进行课改，他很快就形成了自己一整套严整而科学的教改思想与方法。他的教育理念极具前瞻性，他十几年前的互动教学，以学生为学习主体的教育方式，民主科学的管理指导思想，现在已经成为新一轮教育改革的重要内容。他可以做到，一年几个月出外讲学，而他教的学生成绩依然在全市名列前茅。

他就是当代中国教育界响当当的人物，首届“中国十大杰出青年”，在全国有38项社会兼职，先后多次当选人大代表，被人们誉为当代“孔子”的全国著名教育改革家——魏书生。

后来，在他《珍藏的80句话》一书中，我发现有这样几句：当一个人真正觉悟的那一刻，他放弃追求外在世界的财富，而开始追求他内心世界的财富；有理想在的地方，地狱就是天堂；有希望在的地方，痛苦也成欢乐；只要有信心，人永远不会挫败。

从圆教师梦而争取的2000多个日日夜夜，到在教育界功成名就前后数十年，他从不停歇，每天都在为心中的梦想而努力着。

永世的赞美

作家心语：博爱、宽容、坚持等美德是世间的大道，是通往永恒世界的门户。打开它们，你就走向光荣与梦想之路。

乔尔乔内与提香同为意大利威尼斯画派的代表人物，而且两人曾经还是要好的同学——早年，都师从威尼斯著名的画家乔凡尼·贝利尼学习绘画。

刚学画的时候，乔尔乔内是威尼斯最漂亮的花花公子，而提香不过是个毛头小伙子。学画期间，两人志趣相投，关系甚密，结下了深厚的友谊。乔尔乔内奉行享乐主义，开放的思想行为、熟练的绘画技巧以及对色彩超乎寻常的敏感和表现力，成了提香极力效仿的对象，尤其是在绘画方面。渐渐地，提香对乔尔乔内的崇拜到了无以复加的地步，他投入大量时间和精力，用来学习和研究乔尔乔内的绘画风格，日夜临池，勤奋不辍。

后来因为一次过失，二人被老师逐出家门，另立门户。作为忠实的追随者，提香开始协助乔尔乔内工作，不仅代为处理一些私人事务，而且还参与到他的作品创作中来，成为他事业上最重要的助手。有着超人绘画天赋的乔尔乔内因为精湛的绘画技艺，迅速名扬整个威尼斯，拥有一大批极力追捧的“粉丝”，他画作极为畅销。订画的主顾，冲着乔尔乔内的名声纷至沓来。在绘画界享有极高声誉的乔尔乔内，艺术上的成就，此时已经超过了老师乔凡尼·贝利尼。

或许，是被一时的成功冲昏了头脑，生活在一片赞美声中的乔尔乔内，很快就迷失了生活方向。他变得极为自负，一度以为自己的绘画技艺已然达到了无人可及的顶峰，从此不需再刻苦创新。本来已是放荡不羁，此后他更是抓紧一切时间及时行乐，整日沉醉在纸醉金迷的享乐生活中，把大好时光放在追逐贵妇人和痛饮杯中物上。而此时的提香却不分昼夜地研读他的绘画作品，从形式到内容都极力模仿，最后竟然达到“神似”的地步，以至于人们无法辨别出作品的真正作者究竟是谁。乔尔乔内精细的荫凉风景图、丰富的色差和消散技术对提香产生了巨大的影响。提香进步神速，创作出一系列宗教油画，作品有着让人难以忘怀的庄重，同时奢华而色彩鲜艳。

再后来，他们开始独立接受订画。忙于享乐的乔尔乔内，因为沉迷于享乐生活，无暇专心创作，有些画作只是匆忙画了几笔便放在一边，剩下的则由提香代笔完成，甚至有的整件作品都由提香独立完成。这样的机会，使得提香把乔尔乔内的绘画风格发挥到了极致，并且有所突破。据说《沉睡的维纳斯》就是这个时期完成的。作为乔尔乔内的代表作，这幅作品为乔尔乔内赢得了巨大的声誉。可是，令人难以置信的是，这幅画作的风景部分则是由提香独立完成的，甚至有人认为维纳斯这个主体形象提香也参与很多，以致到了后来，常有人把这幅作品的作者认定为提香。

终于有一天，乔尔乔内惊讶地发现，提香在色彩创造和绘画技巧方面已经超过了自己，顿时痛心不已。受到沉重打击的乔尔乔内，开始怨恨和疏远提香，他们之间的关系开始变得冷淡和紧张。按理说，此时乔尔乔内亡羊补牢为时不晚，发奋图强还能确立自己的地位，可每当他欣赏到提香的作品时，都会感到芒刺在背，不安和沮丧笼罩了他，从此他开始刻意堕落，一方面变得郁郁寡欢，另一方面则把这种内心的不安发泄到更加放肆的寻欢作乐中去。

不幸随之降临，在乔尔乔内33岁那年，风华正茂的他，耗尽了精力，不幸感染上鼠疫，英年早逝。他像一颗流星，绚丽地划过夜空，转瞬间消失得无影无踪。而此时的提香早已名满天下，成了“一个老天看上的人”。

乔尔乔内的早逝使提香开始了独立的艺术发展。他的成功标志着威尼斯画派艺术的成熟。随后提香身上散发出一种绵绵悠长而不断增长的忧伤。在其晚年，这种忧伤在其作品中尽情释放——通过极端大胆的以几乎是印象派的溶解方式表现出来的描抹自由而得到加强。有人说，这种忧伤，或许就来自于他对乔尔乔内深深的缅怀与无限的痛惜之中。

1576年，威尼斯大瘟疫爆发，人们在北部海岸的一栋别墅中找到了提香，和死亡捉迷藏的游戏结束了，他在99岁时终于向死神屈服，结束了他光辉灿烂的一生。而与乔尔乔内形成鲜明对比的是，百年之后，乔尔乔内已经鲜有人提及，而提香，凭借执着的努力与辉煌的成就，留给世人的却是无限的崇敬与永世的赞美。

给心灵找个“支点”

作家心语：阿基米德说，给我一个支点，可以撬动地球。那么我想说，给心灵一个支点，我们可以撬动梦想、快乐、幸福与成功。

记得小时候，村里有位老书记，每次召开群众大会，他都要没完没了地讲上一通。从国家政策，一直讲到谁家地里长了草，谁家的小孩儿尿了炕。他一边高声讲着话，一边不时吧嗒吧嗒地抽上几口土烟。随着情绪的变化，他还会摆动着手里的那只油腻的烟斗杆上下挥舞。有一次开会，大伙发现他竟然没讲那么多话，三言两语，干干巴巴的几句就结束了。他的两只大手，在空中空划了几下后，就不知所措地收拢了。有人在下面议论，说今天老书记怎么了。有人低声告知：“老书记丢了宝贝——没带他那个大烟斗呗！”众人听了，大笑。

邻居张大妈，养了一只乖巧的小宠物狗。每天早上，她都要带着那只小狗出去散步。那天，我见她慌里慌张地跑出去，满大街地找寻什么。后来才知道，她的宠物狗丢了。我见她每遇见一个路人，就向人家详细地描绘那狗的模样。一路寻找，她还不忘念叨着她的那只宠物狗的名字——“贝贝”。看她那焦急的神情，不亚于她自己儿子丢了。傍晚时候，我见她终于又牵着那只小狗回来。我好奇地问她：“那只小狗真的有那么重要吗？”她怒了，有些不悦地骂我：“你小兔崽子懂什么？贝贝可是我的心肝儿宝贝，离开它我可怎么活呀？”

班里的那个女生要到市里参加演讲比赛，一大早，就站在我办公室门前等我上班。我见到她问，怎么没让她的家长领着去。她扭捏半天，嗫嚅地说，想让我陪她去。我说，家长去不是一样的吗。她说不一样，有老师在，心里更踏实些。我笑了，原来她需要的是一个帮她压场子的人，而那个人就是我。

朋友小李最近正在热恋中，他说自己一眼看不见女朋友就像丢了魂似的。同事小张喜爱书法，如若哪日没有练上几笔，晚上定然是睡不踏实。

原来，每个人心里都会有一个“支点”。而心灵的那个“支点”，或许是一位私交甚深的故人、情深意笃的爱人、恩重如山的贵人，抑或是一件熟识挚爱的物品、一个努力靠近的目标、某一个人生的场景、某个赖以生存的手艺、某个不能忘怀的记忆……

我们常常会在同故人别离时莫名地感伤，也会在功成名就之后黯然迷惘，亦会在人生的某个困境中感到无助与彷徨。于是，我们开始寻找自己内心的那个“支点”——那个曾经让我们心安神宁，气定神闲的心灵“支点”。可是，它又在哪里？我们怎样才能找到它呢？它能为我们支起那个灵魂的大厦吗？

人生的许多伤痛常常缘于我们的心灵，而心灵的伤痛又常常是因为我们还为寻找我们灵魂的那个“支点”而苦恼。

人生的许多倾覆，常常缘于我们缺失那个心灵的“支点”；而人生的失衡，又常常是因为那个支点不足以支撑起我们灵魂的巨重。

走向成功与幸福，我们要记住：找到并带着那个本属于我们的心灵“支点”上路吧，幸福与成功也许就在不远处。

把“缺陷”变成优势

作家心语：换一种角度去观察人生，你会看到不一样的风景。换一种态度去对待问题，你会得到不一样的结果。有高山必有深谷，有缺陷必有优势。我们不能只“看见”缺陷，如果这样你的人生只剩下了悲哀；还要有一双慧眼，去发现那隐藏在我们身上的“优势”。所谓成功的人，不是没有缺陷和缺点，而是发现和放大了自己的优势和优点。

迈克尔·菲尔普斯小的时候是个长得“不一般”的孩子。

他个子长得又瘦又高，长长的躯干，短短的双腿，两只手臂垂下可以过膝，不成比例的身材让他走起路来，看上去更像是一只大猩猩，加上他顽皮不安分的性格，常被小伙伴们称作是一只上蹿下跳的猴子。此外，他还长有一对硕大无比的扇风耳，于是，有人给他起了个不雅的绰号，叫“大象”。他说话口吃，一张口，就会遭到别人的取笑。他身上似乎到处是缺点，没有朋友愿意和他玩耍。当他努力和小朋友们在一起时，最终的结果，十有八九要遭到同伴的嘲笑，最后愤慨而去。而这些，也成了他少年时代难以挣脱的噩梦。

这个长得“不一般”的小家伙，不仅让伙伴们厌烦，更让他的父母伤透了心。上幼儿园的时候，他总是捉弄同学，和同学打架，即使是上课的时候，他还在喋喋不休，或手舞足蹈。老师的管教无济于事，于是常常把他告到家长那里。当他的母亲来到的时候，老师经常会向她抱怨：菲尔普斯在休息时间总是不能安静下来；他上课时也坐不住，更管不住自己的手，他用胳膊肘去推别的孩子；或者咯咯地笑出声来……听到这些，妈妈黛比羞愧地低下头，不知所措地解释说，也许是他觉得无聊。但那位幼儿园阿姨丝毫没给她留面子，直截了当地宣布："是他没有天赋，什么都做不成。"

上小学的时候，菲尔普斯的不安分给他的学习带来了影响。他的学习实在是糟糕，绝大多数的课程成绩是B、C甚至是D。妈妈看在眼里，急在心里。终于有一次，妈妈惊奇地发现，在体育和一些实验课程上，他还是能够提起兴趣的。母亲于是兴冲冲地从家里拿出当地出版的一份日报，指着体育版，对儿子说："瞧！这里有许多有趣的故事！"妈妈是想以此培养他的阅读兴趣。而令她失望的是，他根本坐不下来，也看不进去，转手丢在一旁出去玩耍了。

后来，母亲想了许多的办法，试图用讲故事、做游戏等方法训练儿子的注意力，但最终都失败了。

菲尔普斯9岁那年，伤心失落的母亲无奈之下，带他到医院的精神科看心理医生，医生给出的诊断是注意力缺陷多动症。家庭医生建议她，给儿子进行药物治疗。菲尔普斯不得不开始吃那些他不愿意吃的药。药物治疗的确发挥了一点作用，可以暂时让他安静一会儿，但他却坚持不了多久，就又开始乱动了。

实在没有办法了，妈妈把他领到游泳馆，指着游泳池，说你去游泳吧。妈妈这样做，只是想通过游泳来消耗掉他那些多余的精力。后来，她发现游泳池里的菲尔普斯如鱼得水，游得非常畅快。看着菲尔普斯在水中自由自在的样子，妈妈的心宽慰了许多，脸上也开始露出难得的微笑。

然而，令妈妈意想不到的是，有一天，菲尔普斯的教练走过来，告诉她："这孩子有超出常人的游泳天赋，请让他开始进行更加刻苦的专业游泳训练吧。"妈妈听了，惊讶得说不出话来。这时，教练指着正在水里自由自在游泳的菲尔普斯，自信地说："我敢肯定，2004年，他可以参加奥运会，2008年，他将在奥运会上打破世界纪录……"

正如教练所言，奇迹真的发生了。

悉尼奥运会，15岁的菲尔普斯牛刀小试，他闯进了200米蝶泳的决赛，最终名列第五。16岁那年，雅典奥运会他一人独得6枚金牌2枚铜牌，被人们称为游泳界的天才少年。2008年北京奥运会，23岁的他参加了8个项目的游泳比赛，囊括了全部金牌。他戴上了自己在北京奥运会的第8块金牌，享受着振臂一挥全场欢呼的超级巨星待遇。已经站在人生巅峰的他依然像此前七次得到金牌一样，在第一时间选择了和亲人一同分享这份快乐。端着"长枪短炮"的记者主动让出一条通道，他径直走向在场边观战的母亲和姐姐，将手中的鲜花献给她们，并和她们紧紧拥抱在一起。只是，这一次，他们拥抱的时间更长些。此前，从未落泪的他，也忍不住激动地哭了。

这个时候，人们开始称呼他为"飞鱼"、"外星人"，津津乐道地谈论他那无与伦比的游泳身材——他长可过膝的双臂如同双桨，短短粗壮的双腿拥有无尽的助推力……他身材上原来所有一般人眼中的"缺陷"，今天都一一成为他夺取金牌的优势。

后 记

十几年前，我二十出头，在一所小学教书。为了梦想整日东突西撞，也曾头破血流、碰壁南墙，心灰意冷过，失望彷徨过，但从来没有真正放弃过对人生梦想的追求。现在，韶华已逝，十几年弹指一挥间，多少往事已成云烟，当年的毛头小伙已是人到中年，可做人的禀性依然不变。现在的我，生活上说不上富足，事业上谈不上成功，人生平平淡淡普普通通，但我一直坚信自己还不算是真正的失败者——走在路上，只要不停歇，希望还在，就无所谓失败。

至今，我一直坚信精神的力量是神圣和伟大的，每个人都需要一个属于自己的心灵导师。于我而言，我一路跌跌撞撞的人生，便印证了这一点。我走上写作之路后，写了许多励志文章。这些励志文章与其说是写给他人的，不如说是写给自己的。正是那些文章唤醒了我对快乐与希望的无边幻想，给了我莫大的精神力量。

现在，我希望它能给你也带来一些心灵的光亮与力量。

图书在版编目（CIP）数据

让自己盛开成一朵花 / 侯拥华著. -- 哈尔滨：黑龙江教育出版社，2014.3

ISBN 978-7-5316-7237-1

Ⅰ.①让… Ⅱ.①侯… Ⅲ.①故事—作品集—中国—当代②散文集—中国—当代 Ⅳ.①I217.2

中国版本图书馆CIP数据核字（2013）第286935号

让自己盛开成一朵花

RANG ZIJI SHENGKAI CHENG YIDUO HUA

作　　者　侯拥华
选题策划　邢万军
责任编辑　邢万军
装帧设计　上尚装帧设计
责任校对　石　英

出版发行　黑龙江教育出版社（哈尔滨市南岗区花园街158号）
印　　刷　北京彩眸彩色印刷有限公司
新浪微博　http://weibo.com/longjiaoshe
公众微信　heilongjiangjiaoyu
E-mail　heilongjiangjiaoyu@126.com

开　　本　700×1000　1/16
印　　张　18.5
字　　数　202千
版　　次　2014年7月第1版　2014年7月第1次印刷
书　　号　ISBN 978-7-5316-7237-1
定　　价　30.00元